U0017490

THEODORE BOONE

The Accused

西奧律師事務所

頭號嫌疑犯

John Grisham

約翰·葛里遜 著 蔡忠琦 譯

【推薦序一】

讓西奧告訴大家法律人如何全觀？如何爭氣？

法學教授／律師　陳長文

近來常常可在報章評論上看到「有感」、「無感」這組有趣的對比，其實，就像「無聲勝有聲」一樣，「有感」、「無感」何嘗不是相對的概念，往往看似漸進無聲無息，卻可收滴水穿石之效；而敲鑼打鼓好不熱鬧，若不持之以恆，曇花一現也是意料中事。

國家成長進步，教育必然是進行改革的重要切入點之一，雖然其改變速度最慢，遠遠不及速度最快的政治，但與其期待最快的政治去改變現狀、改革進步，還不如期待最慢的教育。

談到法學教育改革，大學法律專業教育、司法官養成與在職教育當然很重要，這部分長文曾從求全責備的角度，提問「法律人，你爲什麼不爭氣？」；也期待法律人必須是全觀的法律人。

全觀也者，就是要看三百六十度的角度。所以我們在看一件事情時，必須要全觀；要看到左邊也要看到右邊，要看到上面也要看到下面，要看到好人也要看到壞人。

然而，如果從強化整體國民法治觀念的角度來看，普法教育的重要性絕不亞於法律人的專

業教育，問題是普法教育到底該怎樣來做呢？

很高興看到遠流出版公司出版了〈西奧律師事務所〉一系列的青少年法庭推理小說，爲普法教育做了這樣鮮活精彩的演繹。

繼續先前已推出的《不存在的證人》、《消失的四月》兩集，最新一集《頭號嫌疑犯》再次忠告我們，普法教育絕不等於「法條」教育，普法教育也絕不可能單單從所謂的法律內在邏輯就可以導出，而是必須從生活中加以落實，並且對實際生活產生積極作用。換言之，法律倫理與社會公義的典範，才是普法教育的核心重點。

作爲一個律師，我今天即使代表某甲，我要知道某甲有什麼優勢、他有什麼缺點、有什麼立場是說不過去的。我同時會想到，我的當事人說不過去的地方，被告的律師一定會把這部分當做主要攻擊的立場。

而既然今天某甲是我的客戶，我當然會全力爲我的當事人主張立場，把他的優勢發揮到極致。至於他的缺點部分，則我會希望對造的律師是很能幹的，能講得很清楚。更重要的是，希望法官判出來的，就像是一個全觀的律師能做出來的決定。所以說，法律的成就是要律師、法官、檢察官、原告、被告律師通通在一起，甚至包括當事人，大家一起來成就公平正義。

一部法庭推理小說透過「故事」來彰顯「法律定亂止紛的功能」，一點也不稀奇；但值得一提的是，《頭號嫌疑犯》透過故事主人翁西奧的種種遭遇，還能進一步引導讀者去細細體會「法律的侷限」，尤屬難得。

「西奧覺得自己一直很清楚對與錯的界線，現在卻什麼都不清楚了，一堆錯事算在他的頭上。入侵他的置物櫃是錯的，栽贓是錯的，跟蹤他是錯的，劃破他的輪胎是錯的，對著他的窗戶丟石頭也是錯的，而西奧自己並沒做錯任何事，卻被當做犯人看待。警方根本就是弄錯對象了，他們不相信西奧，那是錯的，如果他因此被起訴，那更是錯得離譜。」

到底是什麼補實治癒了「法律的侷限」？就有待讀者自己來探索了。

【推薦序二】

從眞假線索破解人性

火金姑繪本讀書會會長，兒童哲學推廣者
蔡幸珍

閱讀《頭號嫌疑犯》這本書，我一方面隨著發生在主角西奧身上一波波的無端災難和栽贓而感到危機四伏，另一方面則忙於破解作者在故事中佈下的眞線索、假線索，享受著抽絲剝繭的偵探樂趣！

這本書是寫實的法律類青少年小說，不僅好看，也留下許多討論的空間。法律是保護懂得法律的人嗎？西奧要不要主動告知父母，他其實看過媽媽處理的離婚案件的檔案呢？西奧這樣的行為有犯罪嗎？倘若他告知父母這件事，父母該採取什麼樣的態度呢？當艾克伯父提議西奧去看媽媽的離婚案件資料時，西奧應該照著做嗎？還有其他辦法來還西奧的清白嗎？人會不會自以爲義，卻在無形中傷害了別人？

《頭號嫌疑犯》這本小說以一位喜愛法律的青少年生活爲主軸，來描寫道德、法律以及二者之間的灰色地帶，除了讓讀者能夠了解法律的常識之外，也能理解不同的人有不同的生活環境以及不同的處世態度，而能對人有更多的包容。

【推薦序三】法律知識不再遙不可及

高雄市蒲公英故事閱讀推廣協會總幹事　王怡鳳

〈西奧律師事務所〉幾乎是我所看過唯一以法律為軸線發展的青少年小說。說實在的，法律這件事挺繁瑣的，想想《六法全書》中密密麻麻的律條，真讓人無法親近啊！所以，當我讀《頭號嫌疑犯》時，並知道這是系列小說第三集，著實引發了我的好奇元素，一連接著好幾天，就算工作累到眼睛快睜不開，還是努力撐著，跟隨書中情節進入西奧的法律事件中。

在這系列書中，西奧是一位精通法律、追求真理的十三歲少年，透過他的眼，詭譎的法律事件及法庭上的審判場景眞實地呈現在讀者面前。最讓我推薦的是，西奧的父母對於孩子教養的方式。工作繁忙之餘，仍帶著西奧參與社會弱勢族群的服務，用身教來引領孩子認識社會的總總面向。同時在孩子碰到困難時一起思考解決的可能方式，更在孩子被人誤解時，願意傾聽他的聲音，並給予相信與支持，對成長中的青少年而言，最棒的父母莫過於此了。

《頭號嫌疑犯》以緊湊懸疑的情節喚起青少年的閱讀胃口，然後透過邏輯思考的法律方式解開疑雲般的案件，讓青少年在淺移默化中了解公民所需的法律知識，絕對是值得推薦的好書！

第1章

被告是名叫彼得·達菲的有錢人，因謀殺罪名被起訴。根據檢警雙方的說法，達菲先生在位於高爾夫球場第六平坦球道的自家豪宅行凶，親手勒斃他的嬌妻，嫌犯當天獨自在球場上打球。如果獲判有罪，他後半輩子就得在牢裡度過；如果宣告無罪，他就能走出法庭，恢復自由身。結果事情出乎意料，陪審團並未判他有罪或無罪。

這是他的第二次審判，四個月前的第一次審判無疾而終，主審的甘崔法官表示，倘若繼續進行，有損公平正義，隨即宣告為無效審判。相關人士只好全員打道回府，包括繳了保釋金而消遙在外的彼得·達菲。一般而言，這類謀殺案的被告負擔不起高額保釋金，所以開庭前多半待在牢裡，但達菲先生既有錢、又有能幹的律師團隊，自從他太太的屍體被發現，而他遭檢方以謀殺罪嫌起訴後，一直自由如小鳥。他仍在鎮上到處打轉，在他最喜歡的餐廳用餐、去斯托騰堡學院看籃球賽、上教堂做禮拜（比以前更頻繁），不用說，還一天到晚打高爾夫。等待第一次審判時，無論是即將出庭的事實或被判刑的可能性，彷彿都與他無關；然而現在，彼得·達菲面臨第二次審判，再加上檢方的一名新證人，據說這回他擔心得不得了。

新證人名叫巴比．艾斯科巴，十九歲的非法移民，達菲太太遇害那天，他在高爾夫球場工作。命案發生時，巴比目擊達菲先生曾回家一趟，然後匆匆離去，繼續打高爾夫球。基於諸多理由，巴比並未在第一次審判進行時出面作證，有一次甘崔法官聽聞巴比的說法之後，立刻宣布審判無效。如今既然巴比願意提供證詞，密切注意達菲案的斯托騰堡居民大多認爲嫌犯會被判有罪，幾乎沒有人相信彼得．達菲是清白的。

而每個人都想親眼目睹這場審判。在斯托騰堡法院，謀殺案可是難得一見的大事（沒錯，就算是整個斯托騰郡也很少有這種案件），早上八點，就在法院正門開啓之後，大批群眾開始湧入，而陪審團早在三天前便已選定，審判大戲即將開演。

八點四十分，蒙特老師請他班上八年級的同學安靜下來，開始點名。十六名學生全數到齊，導師時間只有十分鐘，之後同學們將前往莫妮卡女士的教室上第一節西班牙文課。

蒙特老師匆匆跑完流程，他說：「好了，男士們，你們知道今天是彼得．達菲案開庭的第一天、第二回合。第一回合進行時，我們得到第一次審判首日旁聽的許可，但你們也知道，這次我提出的旁聽要求被駁回了。」

好幾個男孩紛紛發出不滿的噓聲。蒙特老師舉手示意。「夠囉。但是我們敬重的校長葛萊德威爾女士特准西奧去旁聽開庭陳述，再向我們回報。西奧。」

西奧．布恩一躍而起，猶如那些他密切注意且崇拜的律師，胸有成竹地走向教室前方，他手持黃色格線記事本，儼然是一名眞正的律師。他走到蒙特老師的辦公桌旁，停了半晌，環視全班同學，彷彿是出庭律師將對陪審團說話。

由於爸媽都是律師，西奧基本上是在法律事務所長大的，正當其他斯托騰堡中學的八年級學生在做運動、玩吉他或從事所有正常八年級生的課外活動時，他則忙著在法庭間穿梭。由於他熱愛法律，不時觀察與研究這個主題，而且開口閉口都是法律，在班上只要一提到有關法律的問題，便立刻由他主導。說到法律，無人能與西奧匹敵，至少在蒙特老師的八年級班上沒有這號人物。

西奧開始發言：「各位同學，四個月前，我們在開庭日旁聽了第一次審判，你們都知道出場順序和各個角色，律師沒變，起訴罪名也一樣，達菲先生仍舊是達菲先生。而這次我們有新的陪審團員，當然，還有一名新的證人，他在第一次審判時並沒有出庭作證。」

「有罪！」在教室後方的伍迪高喊。其他幾個同學也跟著呼應。

「好吧。」西奧說：「認爲彼得．達菲有罪的，請舉手。」

十六名同學當中有十四個人毫不猶豫地舉手，瘋狂科學家雀斯一向以自己不從眾的原則爲傲，他雙手交叉在胸前坐著。

西奧並未參與投票，反倒是有點被激怒了。「這太荒謬了！你們怎麼可以在審判開始前就認定他有罪呢？都還沒聽被告的說詞，什麼都還沒開始耶！我們已經知道『無罪推定原則』❶，在我們的法律系統中，被告是無辜的，除非最後能證明他有罪。今天上午，彼得．達菲會以清白的身分走進法庭，直到新證詞出現、所有證據都呈現在陪審團面前，在那之前他都是無罪的。無罪推定，記得嗎？」

蒙特老師站在教室角落，觀賞西奧展現他的拿手絕活，這樣的表現他看過不只一次。這孩子是天生好手，他是八年級辯論小組的明星學生，而蒙特老師正是該小組的指導老師。

西奧毫不鬆懈，仍然假裝對班上同學的草率判斷感到義憤塡膺。「記得嗎，還要在毫無合理懷疑的情況下證明有罪？你們是怎麼啦？」

「有罪！」伍迪再度高喊，引起一陣笑聲。

西奧知道他贏不了這場辯論，於是說：「好啦好啦，那我可以走了嗎？」

「當然。」蒙特老師回答。鈴聲大作，頓時十六名學生全都往門口移動。西奧衝向走廊，快步跑到位於最前方學校祕書葛洛莉雅小姐的辦公室，她正在講電話。她很喜歡西奧，因爲西奧的媽媽曾幫忙處理她的第一次離婚，後來她弟弟因酒駕被捕，當時西奧也提供她一些非正式的建議。她遞給西奧一張由校長葛萊德威爾女士簽核的黃色離校許可，西奧離開時，祕書桌上的時鐘顯示爲八點四十七分。

一出校園，西奧走向旗杆旁的腳踏車架，打開大鎖，然後將鎖鍊纏繞在把手上，隨即火速出發。如果他遵守交通規則，只行經街道，抵達法院正門口大約需要十五分鐘，但如果選擇他平時走的捷徑，飛馳過幾條小巷弄，再穿越幾戶人家的院子，然後衝過至少兩個寫著「停」的交通標誌，那麼只需要十分鐘就可以到達。這一天，他沒有時間可以浪費，他知道法庭裡已經擠滿了人，卻不知道能不能幸運地搶到位子。

他飛也似地穿越一條小巷，甚至騰空飛起兩次，然後穿過一個他認識的人家後院，那是一個很不討人喜歡的傢伙，老是穿著制服、假裝自己是貨眞價實的執法人員，其實他只是個兼職警衛。他叫做霸克・波藍德（又叫「霸克・唬爛的」，有些人偷偷在他背後這麼叫他），西奧偶爾會看到他在法院裡晃蕩。就在西奧飛越波藍德先生的後院時，他聽見一聲怒吼。「小子，給我滾！」西奧往左側一回頭，正好瞧見波藍德先生朝他丟石頭，差點就命中，於是西奧卯起來踩踏板。

好險啊，他心想。或許他該另尋捷徑。

離開學校九分鐘後，西奧在斯托騰郡法院前減速停車，敏捷地用鏈子將腳踏車拴在車架旁，三步併兩步飛奔入內，爬上雄偉的樓梯，直奔甘崔法官主持的法庭大門。蜂擁而至的人

❶「無罪推定原則」（presumption of innocence）是指未經審判證明被告有罪之前，應先推定被告無罪。參《不存在的證人》第六十三頁註❼。

們被擋在門前，有企圖進去旁聽審判的群眾、電視台派出的攝影機與強光，還有好幾名表情嚴肅的警佐試圖維持秩序。在斯托騰堡裡，西奧最不喜歡的警佐叫做哥斯，他是個壞脾氣的老伯，無奈冤家路窄，哥斯警佐一眼就瞥見在人群裡掙扎前進的西奧。

「西奧，你以爲你在做什麼？」哥斯警佐咆哮著。

我在做什麼應該很明顯吧，西奧心想。斯托騰郡史上最大的謀殺案即將開庭的此時，我還能去哪兒呢？但耍嘴皮子對事情是毫無助益的。

西奧迅速出示離校許可，以可愛的語氣說：「長官，我們校長允許我旁聽這場審判。」哥斯警佐一把搶走許可證，惡狠狠地瞪著西奧，一副要是文件有問題就一槍斃了他的模樣。西奧很想說：「如果需要協助，我可以唸給你聽。」但他還是把這句話吞了回去。

哥斯警佐說：「這是學校發的文件，不是進入法庭的通行證。你有甘崔法官的許可嗎？」

「有的，長官。」西奧說。

「讓我看看。」

「不是書面的，甘崔法官口頭同意讓我旁聽這場審判。」

哥斯警佐的眉頭皺得更深了，以權威的姿態猛搖頭說：「抱歉，西奧，裡面已經坐滿了，沒有多的位子，我們正在請外面的人離開。」

西奧拿回他的離校許可，努力表現出快哭出來的模樣，他假裝讓步，轉身走向一條長廊，一出哥斯警佐的視線範圍，便立刻閃進一扇窄門內，再從那裡的工作用樓梯快步下樓，平常只有工友和技工出入此處。到了一樓，他緩步穿越一條黑暗狹窄的長廊，上方就是大法庭，接著不經意地走進一間休息室，法庭工作人員都在這裡喝咖啡、吃甜甜圈和聊八卦。

「喔，西奧，哈囉。」是可愛的珍妮，她可說是全法院裡西奧最喜歡的書記官。

「哈囉，珍妮。」他一邊打招呼，一邊面帶微笑穿越休息室，最後躲進一個壁櫥型工作間，從另一扇門走上一個平台，通往另一道隱密的階梯。數十年前，這是傳喚罪犯從牢裡押送大法庭、迎向法官熊熊怒火的路徑，現在幾乎無人使用。這幢古老的法院建築像座迷宮，布滿無數狹窄的通道和階梯，可是西奧對它們瞭若指掌。

他從陪審團旁的一扇側門進入法庭，旁聽的群眾正緊張地談論這場即將開演的好戲，整個法庭鬧哄哄的。身穿制服的警衛穿梭其間，彼此交談，神態莊重。主要入口處仍擁塞著想進場的群眾。在法庭左側的辯方席後方第三排，西奧看到一張熟悉的面孔。

是艾克伯父，他爲自己最愛的（也是唯一的）姪子保留了一席座位。西奧左推右擠，盡速往那一排座位挪動，好不容易鑽進艾克身旁的小空間。

第2章

艾克．布恩曾經是律師；事實上，他曾與西奧的父母共事。三位布恩律師勉強維繫著顛簸的合夥關係，直到爆出艾克涉及不法、給自己惹禍上身為止。他惹的可不是普通的小麻煩，當時的情況嚴重到國家律師協會吊銷他的律師執照。現在他幫忙斯托騰堡的幾個小商家處理會計事務，並提供稅務諮詢，以此謀生。說起來，艾克沒什麼親人，基本上是個不快樂的老男人，不過他喜歡把自己想像成獨行俠、社會適應不良者或反叛份子，總是穿得像個老嬉皮，一頭白長髮往後梳成馬尾。這一天，他的打扮很艾克：老舊的涼鞋（不穿襪）、褪色牛仔褲、紅色T恤，外面罩著格紋運動外套，袖口已經磨損脫線。

「謝謝你，艾克。」西奧坐定後悄聲說。

艾克微笑不語。他坐在西奧右側，西奧左側則坐著一位陌生而迷人的中年女子。環顧法庭，西奧發覺旁聽席裡也有不少律師，雖然爸媽宣稱自己忙於工作，沒時間浪費在這場審判上，但他知道其實他們好奇得不得了。他媽媽是一位受人尊敬的離婚訴訟律師，客戶眾多，爸爸則是不動產交易律師，從來不需要出庭。西奧有一天也要成為辯護律師，但絕對不碰觸離婚案和不動產，或者成爲像他的好哥兒們亨利．甘崔那樣了不起的法官，他沒辦法決定，不過反正還有時間慢慢想，畢竟他才十三歲。

陪審團席空蕩蕩的，因爲看過很多次審判，西奧知道要等大家各就各位後，陪審團員才會被引領入場。法官席上方的牆上高懸一座方形大鐘，八點五十九分，以傑克．荷根爲首的檢方律師群從側門進入，維持一貫的威嚴態度。荷根檢察官是法界老兵，多年來將不少斯托騰堡的罪犯繩之以法。四個月前進行第一次審判時，這位律師的出庭表現在西奧心中留下深刻印象，之後連續好幾個星期，他都在考慮要成爲檢察官，畢竟凡有慘案，檢察官即搖身一變成爲全鎮居民的救星。荷根檢察官身旁圍繞著好幾位較資淺的檢方律師與調查員，他們是很好的團隊。

走道另一側的辯方席空無一人，彼得．達菲的辯護團隊連個影子也沒有。然而，西奧發現歐馬．奇普和他的跟班帕可坐在正後方第一排，他們是辯方雇用的混混，負責協助調查與製造麻煩。時間一分一秒過去，旁聽的民眾已經陸續就座，奇怪的是，至少對西奧來說很怪，法庭內竟然只有檢方律師出席並準備就緒。甘崔法官一向重視時間，現在九點了，卻沒有一點動靜，大家都盯著時鐘看，九點零五分，然後九點十分，終於在九點十五分，辯方律師群進入法庭就座。領頭的是克利弗．南斯，他是位名聲響亮的辯護律師，此刻他卻臉色發白、神情困惑。他往柵欄後方的旁聽席靠過去，與歐馬．奇普和帕可三人竊竊私語，明顯有什麼不對勁。

這時仍不見彼得．達菲的身影，照說他現在應該與克利弗．南斯律師坐在辯方席才對。

歐馬．奇普與帕可突然起身，離開法庭。

九點二十分，一名法警起立宣告：「全體起立！」此時甘崔法官從法官席後方現身，身後飄著黑色長袍。法警繼續說：「肅靜、肅靜！第十區的刑事法庭即將開庭，由亨利．甘崔法官大人主持。請相關人士出席。願上帝保佑我們。」

「請各位坐下。」甘崔法官語畢，原本群眾正慢呑呑地站起來，於是又砰地往後坐下。

甘崔法官怒火中燒地瞪著南斯律師，然後深吸一口氣。法庭內所有目光都跟隨法官，南斯律師的臉色顯得更蒼白了。最後甘崔法官問：「南斯律師，被告彼得．達菲人在何處？」

克利弗．南斯緩緩起身，清清喉嚨，最後發出乾澀而氣餒的聲音說：「庭上，我也不清楚。達菲先生預計早上七點到我辦公室，參與審判前的會議，但他並未出席，至今也尚未打電話、傳真、寄電子郵件或傳簡訊與我或事務所內任何一位同事聯繫。我們已經試著以電話聯絡他無數次，可是毫無回應。我們前往他家查看，卻不見蹤影。我們現在也在尋找他的下落，但他彷彿已經人間蒸發了。」

聽到這番話，西奧簡直難以置信，法庭內的所有人也是如此。一位警佐起身問道：「庭上，可否容我……？」

「請說。」甘崔法官回應。

「我們現在才得知這件事，如果能早點通報，早就展開搜索了。」

「那麼，就請現在開始吧。」甘崔法官咬牙切齒地說。他顯然對達菲的失蹤感到很苦惱，敲著法槌說：「我們先休庭一小時，請通知陪審團，讓他們在後面別太拘束。」甘崔法官一說完，便起身從法官席後方的門離去。

過了好幾分鐘，旁聽的民眾仍無法相信這令人震驚的消息，彷彿還在期待彼得．達菲隨時會走入法庭，只要他們願意耐心等候。接下來漸漸傳出耳語和輕聲交談，然後有人開始行動，從椅子上起身或在法庭內走動，但是沒有人離開，因為沒人願意冒險失去寶貴的座位。他們一廂情願地認定彼得．達菲隨時會出現，為自己的延誤道歉，怪罪於車子爆胎之類的原因，於是審判會繼續進行。

十分鐘過去了，西奧看到律師們緩步走向法庭中央，低聲談論著。傑克．荷根和克利弗．南斯靠在一塊，似乎在交換彼此的筆記，兩人都神色凝重地皺著眉頭。

「艾克，你怎麼想？」西奧輕聲問。

「看來他棄保了。」

「那是什麼意思？」

「有很多意思。達菲提出許多不動產作為擔保，保證他絕對會出席接受審判，現在那些不動產都將被沒收，他會失去這些財產。當然，如果他真的棄保潛逃，也用不著太擔心這些財產，因爲他下半輩子都得逃亡。他會遭警方通緝，直到落網爲止。」

「他們會抓到他嗎？」

「一般來講都會。他的頭像會出現在每個地方，遍及網路世界，全國郵局與警察局也會有通緝海報。想逃跑恐怕很難，但也有些知名的逃犯始終消遙法外，他們通常會越過國界，躲到南美洲或其他地方。不過我很驚訝，因爲我以爲彼得．達菲沒那個膽識逃亡。」

「膽識？」

「當然。你想想看，西奧，這傢伙殺了他老婆，第一次審判最後宣告無效，那是他走運，他知道這種好運不會再來，現在等著他的只有無期徒刑。我要是他，也寧可冒險逃亡。他可能在哪裡埋了錢、弄到了新的身分文件、有了新名字，或許還有個幫手，就達菲這個人而言，他很可能有個年輕女人參與他的逃亡計畫。在我看來，這是個很聰明的計畫。」

艾克像是在談論一場眞實的冒險似的，但西奧有些不以爲然。時針漸漸指向十點，他凝望辯方席的空椅子，原本彼得．達菲應該坐在那裡才對，西奧仍然覺得難以置信，他竟然會棄保逃亡，準備當一輩子的通緝犯。

歐馬．奇普和帕可再度出現在法庭，正與克利弗．南斯交頭接耳。他們不停搖頭、急促地低聲交談，並且交換嚴厲的眼神，照這樣看來，很明顯事情仍然沒有進展，彼得．達菲依舊下落不明。

一位法警召集所有律師，引領他們前往甘崔法官的辦公室開會。好幾名警佐在陪審團席附近說笑，法庭內的嘈雜聲愈來愈大，旁聽的民眾愈來愈不安而且沮喪。

「我開始覺得有點無聊了，西奧。」艾克說。幾個民眾現在已經離開法庭。

「我想我還是繼續待著。」西奧說。他的另一個選擇只能回學校去，空手而回不說，還得忍受上課的煎熬。校長簽核的離校許可上面說得很清楚，西奧離開學校的時間最晚可以到下午一點，而他一點也不想提早回去，不管有沒有審判。

「你今天下午會來嗎?」艾克問。今天是星期一，按照布恩家的「儀式」，西奧必須在每週一下午造訪艾克的辦公室。

「當然。」西奧說。

艾克微微笑，接著說：「那麼下午見。」

他離開以後，西奧衡量了一下現在這個狀況的利弊得失，斯托騰堡近代史上最大宗刑事案件的審判很明顯偏離了軌道，他覺得很失望，而且因此無法觀賞荷根檢察官和南斯律師像兩名羅馬戰士般正面對決。但同時他也鬆了一口氣，這麼一來，巴比·艾斯科巴就不用被迫出庭作證，指出彼得·達菲的罪行。第一次審判中，甘崔法官之所以注意到巴比·艾斯科巴，西奧功不可沒，而西奧也知道達菲的律師團隊與大小混混，尤其是歐馬·奇普和帕可，都在密切觀察他。他寧可不要這種注目。

事實上，時間滴滴答答過去，西奧和大家一起等待時，他在心裡暗自下了判斷：彼得‧達菲的突然失蹤是件好事，至少對他來說是如此。這樣或許有點自私，但他不禁竊喜。

西奧後方的兩位男士顯然有了歧見，他們壓低聲音，正在討論達菲被允許交保候傳的事。第一位先生說：「我敢打賭甘崔一定拿了什麼好處，如果他不准予保釋，達菲在等候開庭之前就會被關起來，像其他謀殺案被告一樣。從沒聽說過哪個謀殺案的被告能交保候傳，就因爲達菲有錢，所以甘崔屈服了。」

第二位先生說：「我高度懷疑。憑什麼不准被告交保候傳？他直到被證明有罪之前都是無辜的，不是嗎？管它是不是謀殺案，憑什麼在判刑之前把人關起來？你不能因爲一個人有錢就懲罰他，達菲的保釋金高達一百萬美元。不管怎樣，他拿了不動產來抵押，當時也沒有任何爭議，直到現在爲止。」

西奧傾向第二位先生的說法。第一位先生回應：「直到現在？這就是整件事的重點，保釋金是拿來確保他出庭受審，猜猜現在怎麼了？他沒有出庭，不假而別，逃之夭夭，人間蒸發，我們再也看不到他，全都因爲甘崔准予保釋。」

「他們會找到他的。」

「我敢打賭他們找不到，他現在可能已經在墨西哥市接受顏面整容，由那些幫毒梟大王們整眼睛、整鼻子而致富的整形醫師主刀。我敢打賭，他們絕對找不到彼得·達菲的。」

「我賭二十美元，一個月內他會回到這裡、送入大牢。」

「就依你的，二十美元。」

一陣騷動傳來，法警們立刻提高警覺，律師們從甘崔法官的辦公室魚貫而出，隨即各就各位，旁聽的民眾連忙回座，整個法庭變得悄然無聲。「請就座。」一名法警高喊。甘崔法官坐上法官席，大聲敲著法槌說：「肅靜。有請陪審團。」

十一點整，陪審團員排成一列走進法庭，一一就座。他們坐定後，甘崔法官嚴厲地看著克利弗·南斯，然後說：「南斯律師，被告人在什麼地方？」

南斯律師緩緩起身，答道：「庭上，我不清楚。昨晚十點半之後，我們就沒有和達菲先生聯絡了。」

甘崔法官看著傑克·荷根，說：「荷根檢察官。」

「庭上，我們不得不申請無效審判。」

「而我不得不同意。」甘崔法官接著轉向陪審團。「各位女士先生，目前的狀況顯示，被告彼得·達菲先生消失了。之前他以自由身交保候審，而現在呢，他明顯下落不明，郡長正展開搜索行動，也已經通知聯邦調查局。在被告缺席的情況下，我們無法進行這場審判，因此造成諸多不便，本席在此致上歉意，並感謝各位參與公民服務。現在請自由離席。」

其中一名陪審團員緩緩舉手。「但是法官，如果他們下午就找到他呢？或是明天？」

甘崔法官似乎對來自陪審團的提問感到很驚訝。「這個嘛，我想要看他是怎麼被找到的。假設是在邊界逮到人，他企圖逃離國境，那他會被帶回這裡，面臨更多罪名，這勢必會影響他在法庭上採用的策略，如此一來他有權申請延後審判。但假設他是在附近被找到，而且對於今天上午的缺席能提出有效理由，這樣的話，我會撤回交保候審的許可，先將他拘留，盡快重新安排開庭時間。」

這個答覆滿足了陪審團和西奧的疑惑。

「現在宣布休庭。」甘崔法官說，再次輕敲法槌。

西奧又等了好一會兒，直到法警開始關燈他才離開。除了學校，他沒有別的地方可去，於是騎著腳踏車朝著那個方向前進。在距離法院兩條街以外的地方，一輛黑色的吉普切諾基汽車放慢速度，與西奧等速並行。車內的人放下車窗，帕可黝黑的頭探了出來，他面露微笑，卻什麼也沒說。

西奧立刻剎車，讓他們先走。他們爲什麼要跟蹤他呢？

他因此心神不寧，於是迅速決定先閃進小巷子爲妙。他穿越別人的後院，同時回頭張望，不料一個彪形大漢赫然出現在他眼前，抓住腳踏車把手。「嘿，臭小子！」他咆哮，與西奧正面對峙。

是霸克．唬爛的，他怒火中燒，彷彿隨時準備開戰。「離我家院子遠一點，懂嗎？」他怒氣沖沖地說，雙手仍緊抓住把手不放。

「好好好，對不起。」西奧說，很害怕會被賞一巴掌。

「你叫什麼名字？」霸克咬牙切齒地問。

「西奧．布恩。放開我的腳踏車。」

霸克穿著一套不合身的廉價制服，袖子上繡著「全能警衛」四個字，皮帶上配著一把頗大的手槍。

「不准再穿越我家院子，聽懂了沒？」

「懂了。」西奧說。

霸克終於鬆手，西奧沒有中槍，飛快地踩著踏板離去。一瞬間，他突然覺得很興奮，終於可以回去學校、回到他安全的教室。

第3章

西奧從學校的祕書辦公室進入，並歸還那張離校許可。他們班正在上第四節化學課，但西奧不想遲到走進教室，於是他往大廳的方向走去，那裡是蒙特老師的迷你辦公室。門敞開著，而且運氣不錯，蒙特老師人也在，他一邊大嚼三明治，一邊用筆記型電腦瀏覽當地新聞。

「坐吧。」蒙特老師說。西奧坐在辦公室裡剩下的唯一一張椅子上。

「所以我猜你都知道了。」西奧說。

「喔，是啊。新聞鬧得沸沸揚揚呢。」蒙特老師將電腦往西奧的方向挪了幾公分，好讓他也能看清楚。郡長正在對一幫記者說話，說目前完全無法掌握達菲先生的行蹤，警方已經搜索過他的家，卻一無所獲。他的交通工具，一輛賓士和一輛福特運動休旅車，都上了鎖停在車庫。很明顯地，達菲先生在上週日下午還曾獨自打高爾夫球，一名桿弟目擊他離開球道。他當時開著高爾夫球車，朝向第六平坦球道方向、也就是他家附近駛去，這名桿弟常常看到他玩了一局之後從這條路回家。那個星期日晚上，彼得・達菲與克利弗・南斯通了電話，根據南斯的證詞，達菲同意在第二天早上七點整與他的辯護團隊碰面，進行一長串準備會議。

彼得．達菲的住所位於小鎮東邊三公里處一個叫做「威佛利溪區」的新住宅區，這個高級住宅區建造於三個高爾夫球場之間，以著重住戶隱私爲訴求，出入大門由警衛二十四小時監控，再加上監視器同步側錄。警長表示，彼得．達菲絕不是在午夜時分從這些受監控的大門離開威佛利溪區的。「能進出這個社區的還有幾條碎石子路，我認爲他是從那裡離開的。」警長如此臆測，他對媒體記者顯然缺乏耐心。

他繼續說，目前的線索仍然不足以判定彼得．達菲是怎麼逃脫的，究竟是步行、騎腳踏車、摩托車、開車，還是利用高爾夫球車？他們還是沒法理出頭緒。然而資料顯示，達菲並未擁有任何輕重型機車，或是其他依法應登記的交通工具。

面對記者不經思考的隨機提問，郡長提出以下說明：一、沒有證據顯示有共犯協助達菲逃脫。二、沒有遺書，因此他跳河自殺或做出其他戲劇性的驚人演出機率不高。三、沒有證據顯示謀殺的可能性，比如有人入侵達菲家，因爲某些理由，想在達菲出庭受審之前消滅他。四、到目前爲止，那名桿弟是最後看到達菲的人，也就是他開車離開高爾夫球俱樂部後便下落不明。

警長受夠了，終於結束這場記者會。畫面隨即轉回棚內，情緒激昂的主播們旋風式地總結警長的說明，而其實他幾乎什麼也沒說。

「所以他到底在哪裡？」蒙特老師問，一邊嚼著三明治。

「我覺得他不可能半夜徒步穿越樹林離開。」西奧說：「你推測呢？」

「一定有共犯。達菲不是習於戶外生活的那類人，他不了解樹林，也不知道該怎麼在野外求生。我打賭他是趁著夜深人靜、附近鄰居呼呼大睡時溜出來，騎腳踏車離開，以免發出聲響，而他的同夥就在約三公里遠的地方等著。他們把腳踏車放在後車廂或卡車後方，然後逃之夭夭。達菲隔天九點才得出庭，在那之前他們有七、八個小時的優勢。」

「你是認眞的，對吧？」西奧聽得興味十足。

「當然，難道你不是嗎？」

「我當然也是，可是我不像你已經想了這麼多。那現在他在哪裡？」

「遙遠的地方，警方根本搞不清楚他們究竟是用什麼交通工具，所以他們逍遙得很，除非有新線索出現。達菲可能在任何地方。」

「你覺得他們抓得到他嗎？」

「有個聲音告訴我，達菲不會被捕，特別是在有同夥協助的情況下。」

蒙特老師今年約三十五歲，他絕對是全校最酷的老師，至少西奧這麼認爲。他的父親是法官，哥哥是律師，而他自己也常說要離開這裡，轉換跑道去法學院。他是八年級辯論小組的指導老師，西奧是他的得意門生，他們因此漸漸變成好朋友。瀏覽網路新聞時，兩人的腦海裡瘋狂地變換著各種有關彼得．達菲發生什麼事的劇本。他究竟是怎麼消失的？

「我想我們明天的公民課可以來討論這個。」西奧說。

「開什麼玩笑，接下來的兩天，全鎮居民除了這件事是不會討論別的。」

鈴聲響起，西奧該離開了，午餐時間只有二十分鐘，分秒必爭。大廳瞬間湧入八年級五個班的學生，他們匆匆離開教室，往置物櫃區以及餐廳前進。

斯托騰堡中學在幾年前曾經重新整修過，最受好評的設施就是嶄新的置物櫃。這些櫃子既寬又深，而且是木造的，不會像以前的金屬櫃那樣數十年如一日地在大廳裡發出噪音。甚至不需要鑰匙，因為每個櫃子都有類似手機按鍵的密碼控制板，只要輸入五位或六位數字密碼，門就會自動開啓。

西奧的密碼是「法官」，即五八三四三，這是為了向他的愛犬致敬。他打開門，立刻發現不對勁，有好幾樣東西不見了。西奧有時候會犯氣喘，需要使用吸入器，所以他總是隨身攜帶一支，並在櫃子裡存放著三份藥劑補充包。可是氣喘藥不見了，還有原本掛在置物櫃內掛鉤上、以防下雨時能派上用場的一頂紅藍相間的明尼蘇達雙城隊棒球帽，以及兩本還沒用過的筆記本，全都不翼而飛。他的書倒是都在裡面，堆疊在一起。他愣住了，瞪大眼睛看了一會兒，確定自己不是在作夢，然後四處張望是否有人（小偷？）正在觀察他。但似乎沒人對他感興趣。他挪動那幾本書，東看看西瞧瞧，最後斷定他的置物櫃遭人入侵。他被搶了！

以往偶爾會發生小規模的竊盜案，不過因為這些新置物櫃有先進的安全系統，事實上已經杜絕了行竊的可能性。西奧望向大廳盡頭，那裡的牆面掛著一個大時鐘，再往上有個小空間，原本是設置監控攝影機的地方，目前攝影機已經移除，因爲學校正要更新影像監視系統。

西奧不知道該怎麼做才好。如果他提報失竊，接下來一個小時左右恐怕都得待在校長辦公室裡塡寫表格，更糟的是，他還得回答好奇的朋友和同學們一百個問題。就在他走進餐廳時，決定先按兵不動，好好思考究竟是誰能夠取得密碼、入侵他的置物櫃。要報告的話，明天也不遲。

西奧以兩美元買了一碗義大利麵、一塊冷麵包和一瓶水。他和雀斯、伍迪同桌，話題很快轉移到達菲案與他的人間蒸發。言談之間，西奧忍不住掃視整個餐廳，這裡擠滿了八年級生，卻沒人戴著他的雙城隊棒球帽，據他所知，自己應該是斯托騰堡鎭唯一的雙城隊球迷。

到了下午蒙特老師的課堂，西奧簡短描述他上午在法院的見聞，接著全班一起收看地方新聞。達菲案持續延燒，無疑是目前全鎭最關切的話題，逃犯依舊下落不明，聯邦調查局的某位探員接受採訪，表示他們毫無頭緒。申請交保候傳的百萬美元保釋金引起不少討論，而這又導向達菲的財務狀況，他的一位前事業合夥人宣稱自己很了解達菲，並透露他「……總是持有大量現金……」藏在某些祕密地點。這些八卦消息簡直讓地方記者陷入瘋狂。

下課後，西奧又檢查一次置物櫃，這回似乎安然無恙，沒有東西失竊。他想過要更換密碼，但後來還是決定等等再說；更換密碼是件麻煩事，因爲所有密碼都得經由校長室登記後才能使用。學校只要有正當理由，隨時得以開啓學生的置物櫃，不過他們很少這麼做。最近一次是西奧沒把門關好，隔天他困惑地發現門關好了卻沒上鎖，這對七、八年級生來說並非什麼新鮮事，由於使用者必須長壓住「關」的按鍵三秒鐘才能上鎖，十二、三歲的孩子會因爲趕時間或其他事情分心，而導致按鍵的時間不足三秒。

西奧離開學校、走向腳踏車時，他已經說服自己置物箱不是被小偷入侵，而是有人惡作劇，他告訴自己以後要特別謹慎。

不久西奧又有了別的麻煩。他打開腳踏車鎖，照舊將鎖鍊纏在把手上，準備騎車離開。一上車，他立刻察覺前輪胎沒氣了，只好下車檢查，發現有人在輪胎側壁劃了一道小切口。

西奧這陣子遇上一連串不幸的爆胎事件，過去三個月內，他已經蒐集了三根釘子、汽水瓶的玻璃碎片與鋸齒狀的金屬片各一，又因爲騎車莽撞，弄破了兩個前輪。他爸爸對此感到很不高興，每當在晚餐時間提起這些事，氣氛就會變得很凝重。

然而這次的爆胎並非意外，是有人蓄意以尖銳物品刺穿他的輪胎。

因爲覺得推腳踏車很丟臉，他一直等到朋友們都走光了才出發前往市中心。他推著車，突然覺得這條路似乎變得更漫長，同時在心裡琢磨著，誰會對他做出這種事？然後他試著接受事實，盡量想成是他今天的運氣太差：精彩可期的審判嘎然而止；回學校路上又被歐馬·奇普和帕可跟蹤；差點被那位唬爛的先生用石頭砸中，第二次經過他家後院時還被逮個正著；然後發現某人蓄意破壞他的置物櫃，最後再加上這個被戳破的輪胎，肯定會讓他的存款大失血。

西奧忍不住回頭一瞥，總覺得有人在監視他。

吉爾的腳踏車店位在市中心，距離法院約三條街遠。這是條狹窄的街道，各式小商店林立，包括清潔公司、鞋店、相館、麵包店、幾家熟食店，還有一家請艾克處理稅務、至今仍拖欠款項的刀具行。西奧以自己認識每家店的老闆爲榮。吉爾是他最喜歡的老闆之一，他個子雖小，卻有個驚人的啤酒肚，大肚腩老是在布滿灰塵與油漬的工作圍裙後半遮半露。吉爾賣車，也很喜歡修車，店裡總是塞滿各種尺寸與顏色的車款，小車以天花板上的大型鐵鉤吊著，時髦的登山自行車則在前方櫥窗裡列隊站好。

西奧推著他的車從前門進入，這天發生的事已完全將他擊敗。吉爾正坐在後方櫃檯旁的小凳子上喝咖啡。「哎呀呀！」他說：「看看是誰來了。」

「嗨，吉爾。」西奧說：「又一個沒氣的輪胎。」

「發生什麼事了？」吉爾一邊問，一邊推開凳子，搖搖擺擺地走過來。

「看起來像是被人蓄意破壞。」

吉爾抓起把手，不停轉動輪胎以尋找破洞，然後吹了一聲口哨。「你把誰惹毛了嗎？」

「即使有，我也不知道。」

「我想是用小刀割的，絕對不是意外，沒法救了，西奧，你得換個新的。」

「我就怕這樣。要多少錢？」

「你應該比我還清楚價格。十八美元，要把帳單寄給你爸媽？」

「不，他已經受夠了我的一堆爆胎。這次我來付，不過我今天變不出這麼多現金。」

「你現在能付多少？」

「我明天可以給你十美元，剩下的要再等幾個星期。吉爾，我保證一定會付清，甚至可以寫一張本票❷給你。」

「西奧，我還以爲你是律師呢。」

「差不多是囉。」

「那樣的話，你得多做點功課才行。十八歲以上才有能力對合約負責，本票也不例外。」

「是沒錯啦，這個我知道。」

「我們就用比較老派的握手方式解決吧。明天付十塊，另外八塊在兩個禮拜後付清。」吉爾伸出帶著汙漬的厚實右手，西奧隨即伸手握住。

十五分鐘後，西奧已經在帕克街上飛馳，能再度行動自如眞是太開心了，但他仍然在

---

❷本票（promissory note），一種書面的支付承諾，在即期或確定的未來時間支付一定金額的錢給特定的人。

想，今天還會有什麼壞事發生嗎？他同時在心裡自我辯論著，今天發生的倒楣事究竟要讓爸媽知道多少。他離置物櫃愈遠，就愈覺得事情沒那麼嚴重，雖然讓他很惱火，他倒也還負擔得起這些損失。不過被割破的輪胎是另外一回事，畢竟那涉及了「武器」的使用。

就在他快要抵達布恩&布恩法律事務所時，一個可怕的想法油然而生：如果入侵置物櫃與破壞輪胎的傢伙是同一個人呢？

第4章

布恩&布恩法律事務所是間小公司，這條街現在爲律師、會計師和建築師所盤據，但遠在西奧出生之前，這裡曾經是住宅區。

他扛起腳踏車、爬上階梯，靠在大門旁的牆邊，那是它的老地方。西奧環視四周，確認沒有人在偷窺他或這輛腳踏車。大門內的接待區是艾莎．米勒的地盤，她是事務所的首席祕書，有時候甚至是老闆。她個性活潑、精力旺盛，年紀足以當西奧的祖母，也常常把西奧當孫子對待。

一看到西奧，她從辦公桌後的椅子一躍而起，一如往常地展開攻擊，先是猛烈擁抱他，接著用力扯他的耳朵、玩弄他的頭髮，不過還好，這次沒有親吻攻勢。她明白十三歲男孩不吃這一套。在肢體攻擊的過程中，她還滔滔不絕地說話，西奧覺得這兩種攻擊程度相當。「西奧！你今天過得怎樣？餓了嗎？這件襯衫和那件褲子搭嗎？你功課寫完了沒？彼得．達菲跳河的事你聽說了嗎？」

「跳河？」西奧重複他所聽到的，同時往後退一步，掙脫艾莎的擁抱。

「嗯嗯，那只是其中一種說法。不過呢，我的老天呀，現在各種說法在鎮上到處流竄。」

「我今天早上在法院現場，他沒有出庭。」西奧驕傲地表示。

「你在場?!」

「是的。」

艾莎的退場和她剛才的攻擊一樣迅速，她退開讓小狗「法官」向前打招呼。法官成天都在事務所裡閒晃，查看每個人的狀況，在各個角落打盹，而且老是在找吃的東西。牠通常在某兩個地方之一等著西奧回來，不是西奧辦公室的椅子上，就是艾莎腳邊的小窩，照理說法官應當負起保衛家園的職責，牠卻完全不走那個路線。

「廚房裡有胡桃布朗尼。」艾莎說。

「誰做的?」西奧問。這個問題很重要；艾莎做的胡桃布朗尼還過得去，如果肚子很餓，但負責不動產的祕書陶樂絲偶爾也會做些布朗尼，那些小方塊就吃不得了，它們看起來像灰泥磚頭，嘗起來則像泥巴，連法官都不願意聞一下。

「是我做的，西奧，很美味喔。」

「你眞是太棒了。」西奧邊說邊走向大廳另一端。

「你媽媽還在法庭裡，你爸爸到城市另一端替一樁房地產交易收尾。」艾莎說。她的主要任務之一就是掌握每個人的行蹤，尤其是布恩夫婦，而這並不難，因爲她負責管理他們的行程。不過艾莎最厲害的是，在任何時候，她都能告訴你任何人的確切位置，比如陶樂絲或布恩太太的法律助理文森，甚至是法官和西奧，她知道每一個人的會議、午餐時間、下午茶約會、看診時間、與證人碰面的時間、付款日、生日、假期、結婚紀念日，以及相關人士的葬禮；在陶樂絲的父親過世滿三周年的那一天，她曾經給陶樂絲一張慰問卡表示哀悼。

根據布恩家關於日常生活的藍圖，西奧每日應執行如下事項：一、每天放學後到事務所；二、向艾莎報到，並忍受她制式化的親暱攻擊；三、到媽媽辦公室迅速打聲招呼；四、然後上樓（法官也跟在腳邊），向爸爸報告他今天的行程；五、與陶樂絲很快地閒聊兩句；六、跟文森也聊個兩句；七、回他自己位於事務所最後方的小辦公室，挖出所有作業，在晚餐之前完成。當然如果他有別的行程，比如要想辦法贏得另一枚童軍勛章，或者去看同學踢足球、打籃球，就能免除這些辦公室儀式。畢竟他是個孩子，又是獨生子，雖然布恩夫婦很嚴格，他們也很清楚養育一個全方位發展的十三歲孩子有其現實面。

西奧關上迷你辦公室的門，從背包裡取出筆記型電腦，開始瀏覽地方新聞，想搜尋彼得．達菲的最新消息。根本沒有跳河這件事，西奧一點也不驚訝，艾莎原本就是個誇張大王。

西奧覺得很難專心，不過他還是在兩個小時內寫完功課，至少完成了絕大部分。此時艾莎正在整裡桌面、準備下班。布恩先生和太太都還在外面忙碌。西奧檢查他的腳踏車，查看是否有其他損壞的地方，不過沒有新發現，於是他騎車離去，法官緊跟在後。

艾克的辦公室在一棟老房子的二樓，屋主是一對希臘夫婦。一樓是他們的小型熟食店，二樓的辦公室總是淹沒在洋蔥烤羊肉串的味道中，對訪客而言，儘管不算臭味，卻感覺相當刺鼻，然而長年待在這個辦公室的艾克似乎完全沒放在心上。

艾克坐在他的長形辦公桌旁，桌上堆滿東西，他正在喝啤酒，音響播放著音量小到幾乎聽不見的巴布．狄倫❸，西奧門也沒敲就直接走進辦公室，整個人陷進一張布滿塵埃的老椅子裡。「我最愛的姪子可好啊？」艾克問，每個星期都是同樣的問題。其實西奧是他唯一的姪子，哈哈。

「很好啊。」西奧回答，「審判的事實在讓人很失望。」

「的確是很怪。我留意了一整天，卻連一點動靜也沒有。」

艾克原本是位赫赫有名、受人敬重的律師，現在則是被取消資格的古怪老嬉皮，自從這戲劇化的轉變之後，他就在斯托騰堡過著下層社會的邊緣生活，在那裡他打聽到不少消息。他是幾個撲克牌俱樂部的固定成員，和退休警察與律師一起打牌，也和一些與自己一樣有前科的傢伙來往密切。再怎麼駭人聽聞的事件，艾克通常有辦法追查到謠言，然後在它廣為流傳之前先仔細檢驗一番。

「那你認為是怎麼回事？」艾克問。

西奧聳聳肩，彷彿已經完全掌握真相。「很簡單，艾克。彼得．達菲在午夜之後跳上腳踏車，沿著一條碎石子路走了約兩公里，再與他的同夥接頭，將腳踏車丟到轎車的後車廂或卡車後方，然後遠走高飛。」西奧假裝很隨意地發表見解，彷彿知道一切內情，結束時他默默在心裡感謝蒙特老師。

艾克瞇起眼睛思索這些話。他思考的時候不禁嘴巴微張，皺起眉頭分析這些訊息。「你從哪裡聽來的？」他問。

「聽來的？不是聽來的。我覺得事情很明顯就是這樣，不然還能怎麼解釋？」

艾克抓抓鬍子，瞪著坐在桌子另一側的西奧，他一直很欣賞他姪子的成熟與世故，但關於達菲案的這番簡化詮釋顯得有些不自然。西奧決定繼續說：「而且我打賭他們找不到他，我猜彼得．達菲已經完成他的完美計畫，現在可能在某個遙遠的地方消遙，擁有大量現金和全新的身分證件。」

「噢，是嗎？」

「當然，艾克。他一開始就有八小時可以運用，而且警方完全不清楚他搭乘什麼交通工具。所以囉，他們知道自己在找什麼嗎？不知道吧。」

❸巴布．狄倫（Bob Dylan），美國知名歌手、音樂家。

「你想喝點什麼嗎？」艾克轉動他的迴旋椅問道。在他桌子後面的櫥櫃下方有個冰箱，裡面通常應有盡有。

「不用了，謝謝。」西奧說。

艾克拿出另一瓶啤酒，打開瓶蓋喝了一口。西奧知道他飲酒過量，這是他在布恩&布恩法律事務所以及法院裡細心聆聽所得知的。他不只一、兩次聽見別人提到艾克的酗酒問題，所以他想這是眞的。不過他從沒親眼見過就是了。艾克已經離婚，跟他的孩子和孫子們也斷了聯絡，西奧認爲他是個不快樂的獨居老男人。

「你的化學還是得B嗎？」艾克問。

「拜託，艾克，我們每次都得討論我的分數嗎？我爸媽已經夠關心這件事了，而且我的化學是A減，不是B。」

「你爸媽好嗎？」

「他們都還好。我媽留紙條提醒我，問你今天要不要跟我們去羅畢里歐餐廳吃晚餐？」

「她人眞好。」艾克對桌上那些東倒西歪的文件揮揮手，然後說了那句西奧幾乎天天從他爸媽那兒聽到的老話：「我還有好多事要做。」

眞令人驚訝啊，西奧心想。基於某些西奧不知道的理由，他爸媽與艾克的關係一向很複雜，而且不是他能簡化的問題。「吃晚餐又不用花太多時間。」西奧說。

「幫我跟瑪伽拉說聲謝謝。」

「會的。」

西奧時常把祕密告訴艾克，而且是一些他從來不想告訴爸媽的事。他本來想提一下早上離開法院後發生的各種怪事，後來還是決定不說。之後說也不遲，到時再詢問他的意見。

他們又聊了一會兒棒球和足球，半小時後，西奧和法官向艾克道別。他的腳踏車還留在原地，兩個輪胎都充飽了氣，於是他飛快離去，法官在後面追著。他發現父母這時都已經回到事務所了，於是他照慣例報告了今日的行程。

瑪伽拉．布恩對烹飪不感興趣，而且她通常忙到沒時間下廚。伍茲．布恩的廚藝很差，卻是個美食家，打從西奧會走路開始，他們就開始一一品嘗斯托騰堡的各種異國料理。星期一，他們在羅畢里歐餐廳吃義大利菜；星期二，全家人會造訪一間庇護所，簡單喝點湯、吃些三明治，那裡是無家可歸的人的臨時居所；星期三，再度享用美食，從三家他們喜歡的中國餐館挑一家外帶；星期四，布恩先生會在一家土耳其熟食店買回當日特餐；星期五的晚餐一定是馬洛夫餐廳的魚，那是一家嘈雜的黎巴嫩酒館；星期六，三個人輪流挑選自己喜歡的餐廳，另外兩位不得干涉當事人的決定；最後是星期日，布恩太太會好好利用她的廚房，遵照新食譜指示，進行烤雞實驗，但結果通常不盡如人意。

晚上七點整，布恩一家人走進羅畢里歐餐廳，他們最喜歡的座位已經準備好了。

第5章

今天是星期二早晨，不是隨便某一個星期二，而是每個月的第一個星期二，這表示西奧會與其他約五十名來自老布拉夫理事會、編號一四四〇的童軍換上正式的童軍襯衫，戴上彩色領巾去學校。學校董事會並不允許學生在校園內穿著整套童軍服。雖說有一套穿著規定，但其實頗爲含糊，從未嚴格執行，而且總是製造麻煩，再則成套的童軍服不至於違反規定，不過董事會擔心，如果同意讓童軍和女童軍穿著制服上學，即使只限定每個月的某一天，接下來各式各樣的制服就會一一出現，包括運動服、空手道服、戲服，甚至是像佛教徒或回教徒長袍的宗教服飾，整個問題會變得很複雜。而學校願意妥協，西奧和其他童軍已經很高興了，至少他們能在每月的某一天穿著部分童軍制服上學。

他很快地淋浴、刷牙（其實他的牙齒目前還埋藏在厚厚的牙套後面，幾乎看不見），然後穿上正式的卡其短袖襯衫，上面裝飾著議會肩章、藍白相間的小隊號碼、小隊徽和獎章。他將襯衫整齊地塞進牛仔褲之後，仔細地將橙色領巾圍在脖子上，以正式的童軍領圈固定好。若是正式的童軍制服，西奧就能展示他引以爲傲的獎章帶了，目前他已經獲得二十三枚榮譽徽章，分別在天文學與高爾夫球這兩個領域。如果一切按照他的計畫進行，他會在升上九年級前的暑假晉級爲鷹級童軍❹。除了晉級章之外，他還計畫取得三十五枚榮譽徽章，而媽媽會幫他按照順序一一縫在獎章帶上。

法官平時睡在西奧的床底下，牠醒來已經超過半小時，現在等得有些不耐煩，牠發出哀鳴，表示想下樓，然後去外面遛遛。西奧再次調整他的領巾，很滿意鏡中的自己，拎起背包便蹦蹦跳跳下樓去。

這一刻，他已經忘了彼得．達菲的失蹤事件。

他媽媽不是那種一早起床就爆衝的類型，此時正在廚房小桌旁看報紙，慢慢啜飲著咖啡。「西奧早安，你看起來眞可愛。」

「早安。」西奧親吻媽媽的額頭。他恨透了「可愛」這個詞，特別是媽媽用來形容他的時候。他打開門，讓法官出去透透氣。他的座位前一如往常擺著一碗穀物片、一盒牛奶、一個大碗、一支湯匙，還有一杯柳橙汁。

「沒有彼得．達菲的蹤跡。」他媽媽說，仍然把臉埋在報紙裡。

❹鷹級童軍（Eagle Scout），童軍的最高模範等級，晉升條件包括至少必須獲得二十一枚以上功績勛章，並且在童軍精神、服務與領導方面都達到表現要求。

「他們找不到他的。」西奧說，重複自己昨天晚餐時已經說過無數次的話。

「很難說，這年頭想逃離聯邦調查局的追捕沒那麼容易，畢竟他們有這麼多高科技配備。」西奧昨晚也聽過這個說法。他將穀物片倒進自己的碗裡，再開門讓法官衝進來。準備吃早餐的時候，法官從來不浪費一分一秒，西奧將穀物片和牛奶倒進狗狗的碗裡，法官立刻開始進攻。

布恩太太仍然將頭埋在報紙裡說：「你今天下午要參加童軍訓練是吧？」

不，媽，其實是要過萬聖節。

不，媽，其實是因爲我其他襯衫都髒了。

不，媽，其實只是爲了要讓你混淆，誤以爲今天是這個月的第一個星期二，好讓你走錯法庭。

噢，他多想這麼說啊，但身爲一名尊重權威的好童軍，身兼一個不想以小聰明激怒媽媽的好兒子，他只哼了一聲：「是啊。」

「下次露營是什麼時候？」她邊問邊翻報紙。

「星期五開始連續七天，在馬羅湖。」一四四〇小隊每個月至少有一個週末會在樹林裡度過，而西奧最喜歡的探險就是露營。

布恩家的每個房間至少都有一個時鐘，顯示這家人的生活無比規律。廚房的時鐘指向七

點五十五分，而西奧每天都在八點前吃完早餐，等法官舔完最後一口，他再將兩個碗拿到水槽沖洗，把牛奶和橙汁放回冰箱，然後衝到樓上房間重重地在地板上跺幾下，製造點噪音。他省略第二次刷牙的程序，再衝回廚房很快地在媽媽的臉頰啄一下，便說：「我上學去了。」

「午餐錢帶了嗎？」她問。

「當然。」

「功課做完沒？」

「做得超完美，媽。放學後見。」

「路上小心，西奧，要記得微笑喔。」

「我正在笑呢。」

「愛你唷，泰迪。」

他回頭說：「我也愛你，媽。」

在屋外，西奧搓搓法官的頭向牠道別。騎車離開時，他反覆唸著「泰迪」，眞是個讓他鄙視的惱人小名啊。「可愛的小泰迪。」他對自己喃喃自語。他對鄰居納涅瑞先生揮手，那位先生一整天都坐在陽台上。

西奧飛速穿越斯托騰堡時，他想起昨天在霸克後院發生的事，於是決定沿著街道前進，並遵守道路規則。他也對達菲案思考了一番，由於被告選擇亡命天涯，因此他錯過許多精彩畫面。西奧一邊飛馳過沉睡的斯托騰堡，一邊思考許多事情。他的置物櫃……他很焦慮，想知道櫃子是否再度被入侵；還有他被割破的輪胎，這還有可能再發生嗎？另外就是歐馬和帕可，他們可能還在監視他嗎？

教室裡，大家正鬧哄哄地討論達菲案，十六個男孩各有各的主張以及他們心中的大逃亡劇本，內容取材自他們昨晚餐桌上聽到爸媽之間的辯論。有人說一位農村郵件遞送員在離這裡不遠處看到可疑人物；另一個說彼得・達菲已經命喪黃泉，死在毒梟手上；還有人說他安然無恙地待在阿根廷。西奧只是聽著這些八卦，並未參與，他為自己的置物箱安然無事感到開心。

鈴聲響起，男孩們從教室魚貫而出，湧入大廳，乏味的上課日即將開始。

一四四〇小隊在地下室集會，那是一棟「海外退伍軍人協會」❺擁有的建築，樓上是老兵們每天下午聚在一起玩牌喝酒的地方，而每個月的第一和第三個星期二，童軍們則在樓下舉行他們的正式集會。

他們的團長是退休海軍，他喜歡大家叫他盧威格少校，或者只叫少校也行（偶爾也會在他背後稱他是「瘋老威」，不過當然這只能在他絕對聽不見的時候叫）。盧威格少校年約六十，他指導一四四〇小隊的方式猶如訓練準備出任務的海軍大隊，他嚴格地自我訓練，除了

認眞跑步，還號稱每天早餐前做五百下仰臥起坐和伏地挺身，而且老是要求這些男孩游泳游得更遠、划船划得更快、爬山爬得更高，基本上就是要把一切做得更好。他監督每個孩子的成績單，期待小隊所有成員都能晉升爲鷹級童軍。他不能忍受任何壞習慣，一旦童軍沒有按時做完該做的事，就會立刻通報家長。而儘管他咆哮起來像個教官，這位少校其實很清楚如何寓教於樂。他喜歡大吼大叫，也喜歡哈哈大笑，孩子們都很崇拜他。

西奧雖然一直夢想成爲了不起的辯護律師或充滿智慧的法官，但偶爾也會想像自己成爲全職的童軍團長，就像少校那樣，只可惜這個前景有點問題，因爲童軍活動純屬志工性質。

下午四點整，少校點名後，童軍全員都安靜下來。一四四〇小隊劃分爲五個小組，分別是美洲豹、響尾蛇、森林保護員、疣豬與獵鷹，每個小組都有一名組長、副組長和七至八名組員，而西奧是獵鷹組組長。童軍們在團長熱切的注視下，全神貫注地宣誓對隊旗效忠，接著朗誦童軍誓言與座右銘。隊員們就座之後，少校開始引導大家進行嚴謹的議程，包括來自各小組的報告、排名與榮譽獎章的最新狀況，以及募款活動，而最重要的就是下週馬羅湖畔的露營計畫。接下來他們觀賞十五分鐘的影片，講述穿刺傷的急救方式，隨後是繩索與繩結

❺海外退伍軍人協會（Veterans of Foreign Wars, VFW），本部設於美國密蘇里州堪薩斯市，是最大的退伍軍人組織。

的教學。少校表示，所有隊員對於拴、綁、打結等繩索的掌握都差強人意，露營時他期待看到更好的表現。基於長年累月的經驗，少校是平結與雙套結的高手，但眞正讓隊員們嘆爲觀止的是他對各種複雜繩結的精熟，比如圓材結與反手結。

九十分鐘集會總是一眨眼就過去了，他們在五點半準時散會，大多數的童軍隊員騎腳踏車離去，而西奧跟著大夥兒一起移動車子時，卻發現了一個問題。

後輪沒氣了。

吉爾車行正要打烊的時候，筋疲力竭、滿身大汗的西奧終於到了，他費盡千辛萬苦從離這裡十條街遠的退伍軍人之家把車推過來。「哎呀呀，」吉爾一邊說、一邊搓著放在工作服口袋裡的抹布。「我最喜歡的顧客來了。」

西奧好想哭，不只是他很疲累，一想到要再買一個輪胎就覺得快崩潰，更可怕的是，他擔心自己眞的成了某人的箭靶。吉爾轉了轉後輪，然後停住，指著切口說：「對啦，跟昨天割破前輪的可能是同一把刀。這是在學校發生的嗎？」

「不，是在退伍軍人之家那裡，參加童軍集會時發生的。」

「所以這傢伙到處跟著你，對吧？」

「我不知道，吉爾。我該怎麼辦？」

「跟你爸媽說了沒？」

「除了你，沒有人知道。」

吉爾拿了一支扳手，緩緩將後輪卸下。「是我的話就會先跟爸媽說，然後我想我會去警察局報案，也應該向學校的什麼人報告這件事，我猜你應該不是唯一的受害者。」

「還有別人來找你嗎？」

「最近幾個禮拜沒有，不過我這裡也不是鎮上唯一的車行，當然啦，這裡可是最好的，如果你想知道我的主觀意見。」哈哈，吉爾對自己的幽默一笑置之，可是西奧一點也笑不出來。

「十八美元？」他問。

「和昨天一樣。」吉爾回答。

「我想我最好找我爸談談。」

「好主意。」

西奧回到事務所時，伍茲．布恩在辦公室與另外一位律師開會，瑪伽拉．布恩則在她的辦公室與顧客洽談，艾莎正在電話中，陶樂絲和文森外出辦事。只有法官迎接西奧回來，他們倆一起走進大樓後方西奧狹小的辦公室。西奧掏空背包，他的桌子（一張舊撲克牌桌）立刻堆滿了書本、筆記本和他的筆記型電腦。他心神不寧，就是無法專心寫作業。

爲什麼會有人劃破他的輪胎、破壞他的置物櫃呢？據他所知，他活到目前爲止並沒有樹立敵人，除非把歐馬．奇普和帕可算進去，但西奧相信他們有更重要的事要費心。他們是職業惡棍、眞正的專業人士，不至於把非法勾當延伸到中學裡，更何況他們要如何神不知、鬼不覺地混進學校？絕對不可能。而且他們又何必偷走他的氣喘藥和雙城隊棒球帽？西奧無法想像這兩個傢伙在旗桿附近打轉、伺機戳破他的輪胎，或者尾隨他到退伍軍人之家參加童軍集會。

西奧懷疑眞正的犯人是學生，但想不通是誰？又是爲什麼？西奧迷失在這些疑惑中，突然間，他的世界眞的粉碎了。

他的辦公室有一扇門面向布恩&布恩法律事務所的停車場，門的上半部由四片玻璃構成。一塊大石頭忽然破窗而入，發出砰然巨響，現場碎片四處散射在書櫃、他的書桌與地上。法官一躍而起，開始狂吠。西奧直覺地以雙臂保護頭部，預防第二塊石頭飛來。他等了幾秒鐘，試著調整呼吸，然後迅速起身，用力推開門，外面卻空無一人。法官又是嚎叫又是狂吠，縱身跳下樓梯，繞著小停車場狂奔，可是一無所獲。

那塊石頭約一個壘球大小，就落在法官的床位旁邊。艾莎衝進房門大叫：「西奧，你在幹什麼！」然後她看到粉碎的玻璃窗和隨處可見的碎片。「你沒事吧？」

「大概吧。」西奧說，依然驚魂未定。

「發生什麼事了？」

「有人丟石頭進來。」西奧邊說邊拾起石頭，他們一同檢視著。布恩太太出現了，她問：「後面是怎麼回事？」布恩先生跟著走進來，發出同樣的疑問。他們花了幾分鐘檢查損壞狀況，百思不得其解。艾莎在西奧的頭髮裡找到一塊玻璃碎片，還好沒有傷口。

「我來報警。」布恩先生說。

「好主意。」布恩太太說。

「知道是誰做的嗎？」艾莎問。

「不知道。」西奧回答。

第6章

那眞是個意外頻傳的下午。由於布恩太太處理了許多離婚案，而且總是代表妻子這一方，所以事務所偶爾會上演一些灑狗血的家庭劇戲碼。西奧辦公室的意外事件才剛落幕，布恩先生正要前往會議室報警時，前門傳來激烈的爭吵聲，是一個憤怒的男人和一個不停尖叫的女人之間的小口角，卻迅速惡化成嚴重衝突。那個女人是崔恩太太，布恩&布恩法律事務所的新客戶，而那個男人是她的丈夫，崔恩先生，他們養了一窩孩子，還有一卡車問題，布恩太太試著說服他們進行婚姻諮商，避免走上離婚這條路。根據崔恩太太的說法，她先生有暴力與虐待傾向，完全無法相處。

站在艾莎辦公桌旁邊的崔恩先生此時的確顯得相當暴力，他正對著太太咆哮。「不准你提離婚！除非我死了！」他是個結實強壯的男人，說話時鬍子和眼睛彷彿都在噴火。布恩太太、艾莎和西奧都走到接待區，駐足旁觀。

布恩先生走向前說：「深呼吸，我們有話好好說。」崔恩太太緩緩移步，走到布恩太太旁邊。艾莎和西奧則仍然停在後方，瞪大眼睛看，豎起耳朵聽。

「我沒辦法繼續與你生活。」崔恩太太說：「我已經厭倦拳打腳踢的日子了，我要帶孩子離開，羅傑，你拿我一點辦法也沒有。」

「我從來沒有打過你。」崔恩先生回答，雖然在場沒人相信他。他凶暴的模樣彷彿隨時會動手修理任何人。

「不要再說謊了，羅傑。」她說。

「或許我們應該進我的辦公室談談。」布恩太太冷靜地說。

「他有槍。」崔恩太太說。眾人一聽，不禁背脊發涼。「在他的口袋裡。」所有人的目光都轉向崔恩先生的褲袋，而想當然，那裡明顯藏著危險物品。

「凱倫，你跟我上車。」崔恩先生眼睛冒火、咬著牙說。可是沒有一個神智清醒的人會跟他走。

「不要！」她回答，「我不要再聽你發號施令了！」

「我必須請你離開。」布恩先生口氣堅定地說。

崔恩先生微笑，輕觸右邊口袋說：「也許我不想離開。」

「那麼我只好報警了。」布恩先生說。

一陣沉默，沒有人採取行動。最後布恩太太說：「我有個主意，不如去會議室，就我們四個人，喝點咖啡、好好談談。」由於她專門協調離婚案件，出庭經驗豐富，非常清楚妥協的必要性。她聲音溫和且態度平靜，化解了部分緊張的氣氛。

雙方僵持不下，崔恩先生不願離去，崔恩太太不願跟著他離開，而誰都不想激怒身上有槍的傢伙。幸虧崔恩先生先讓步，情況才不至於惡化，他說：「好啊，要談就來談。」

艾莎馬上接著說：「我來準備咖啡。」

崔恩夫婦與布恩夫婦走進會議室，闔上大門。剛開始，西奧和艾莎不確定應該報警還是等候布恩先生指示。西奧很擔心父母與那個有點激動又情緒化的男人共處一室，況且對方還帶了槍，如果事態惡化怎麼辦？如果會議室突然傳出槍響怎麼辦？西奧眞想立刻報警。

艾莎則持不同看法。現在崔恩先生同意平心靜氣地討論他們的問題，假設警方出馬，並以持有槍械罪名逮捕他，那麼這傢伙可能會開始發飆、精神崩潰，然後下次做出更瘋狂的事。艾莎對她的兩位老闆很有信心，他們一定能遏止事態惡化，甚至還能藉此解決崔恩夫婦的部分爭議。

艾莎打電話請人來修理玻璃，廣告上說那家公司提供二十四小時服務。

幾分鐘過去了，會議室並未傳來槍響，也沒有憤怒的叫囂聲，西奧這才稍微放心，但由於今天的各種意外，他仍然惴惴不安。他和艾莎決定先在辦公室裡拍照存證，之後再提供給警方。他們將玻璃碎片清掃乾淨，將那塊石頭當做證物收好。修理人員到天黑之後才抵達，開始更換破裂的玻璃窗。

平時的星期二晚上，布恩一家離開事務所後會一同前往幾條街遠的高地街庇護所，他們去那裡幫忙準備食物給無家可歸的人，並提供其他協助。布恩太太和斯托騰堡的另外三位女性律師在那裡設立了一個免費的小型法律診所，專門幫助受虐婦女，而當中有好幾位目前無家可歸，住在庇護所裡。布恩先生也在那裡會見客戶，主要是一些被迫離開自己房子或公寓的人，以及被剝奪應得利益的人。西奧則提供無家可歸的孩子課後輔導。

西奧的爸媽與崔恩夫婦的會談似乎有無限延長的趨勢，所以他決定自己去庇護所，爸媽可以之後再趕過來，即使只是來吃個晚餐。他們爲大家準備好晚餐之後，總是會喝碗湯、吃個三明治再開始法律諮詢。西奧快餓昏了，而且不想繼續待在事務所，他跟艾莎道別，然後騎車前往庇護所。等到他抵達時，晚餐已經分配完畢，不過還是在廚房裡找到一些剩菜。

他目前的工作是教柯巴克家小孩數學。羅斯八歲，班恩七歲，他們和媽媽一起住在庇護所已經兩個月了。布恩太太爲柯巴克太太處理法律事務，雖然西奧不清楚細節，他知道這家人正遭受某種悲劇。柯巴克先生在外地被殺害，而大家都對這件事避而不談，在他死後，這家人失去一切，待在一輛卡車裡住了好多天，最後才搬進庇護所。

爲了晉升爲鷹級童軍，西奧計畫啓動一個方案，鼓勵有汽車執照的青少年「領養」無家的孩子，由志工大哥哥、大姊姊照顧這些小朋友。他也想再設置一個庇護所，安置那些住在帳篷裡或橋下的遊民，不過他爸爸已經提出警告，這個計畫要耗費數百萬美元才辦得到。

一如既往，柯巴克家的兩個男孩很安靜，甚至可以說非常害羞。他們年紀雖小，卻經歷了各種動盪與滄桑，布恩太太說他們是受創傷的孩子，需要心理諮商。西奧輔導兩個小男生寫數學習題時，好不容易才讓他們露出一點笑容。他們的媽媽坐在一旁觀看，西奧猜測她也想跟著學，他知道她的閱讀能力很有限。

每次造訪庇護所，西奧都感受到自己有多麼幸運。在離自己溫暖安全的環境僅僅不到一公里的地方，住著像柯巴克家這樣的人們，他們在庇護所的小床睡覺，仰賴教會或慈善機構的食物爲生。西奧的未來並不難預測，如果一切都跟著計畫走，他會在中學畢業後上大學（他還沒決定要去哪一所學校），然後進入法律學校研讀，爲律師生涯做準備。反觀柯巴克家的男孩，他們不知道自己一年後身在何方，高地街庇護所只提供這些「朋友們」居留十二個月，他們在這段時間得找到工作，以及可較長久居住的地方。所以就像其他人一樣，柯巴克一家人只是過客。

晚上九點，所有志工結束了在庇護所的服務，西奧向班恩、羅斯與他們的媽媽道別，然後從地下室離開。由於沒瞧見他父母的蹤跡，於是他決定騎車回事務所拿背包、接狗回家，

他希望每個人都還活得好好的。這個時間幾乎沒有車流量，西奧箭也似地穿越街道，完全沒把交通規則放在心上，他騎著車跳上跳下，飛馳過人行道，對寫著「停」的交通號誌視若無睹，一路上不斷想著有兩個充滿氣的輪胎眞好。

在緬因街和法利街轉角，紅燈亮起，兩輛車擋在西奧前方，他因而騎上人行道，在執行轉向緬因街的高風險滑行轉彎時，一個不小心滑向了另一輛腳踏車，那位騎士身穿警察制服，他是司徒・培奇伯，一位精瘦、滿頭銀髮的老警察，曾在斯托騰堡中心區地段做了好幾十年的巡邏工作，鎮上的每個孩子都認識他，也都盡量迴避他。

西奧一躍而起，他毫髮無傷，揮手拂去腿上的塵土。「我很抱歉。」他說，心想大概會被逮捕、拖進警局吧。

培奇伯警官將他的腳踏車靠在交通號誌桿旁邊，脫下安全帽。「小子，你叫什麼名字？」他質問著，彷彿遇上了連續殺人犯。

「西奧・布恩。」多年來，他們打過很多次照面，至少是匆匆一瞥的那種程度，然而這次是西奧第一次與老警官正面衝突。

「名字滿耳熟的。」他說。這讓西奧有機會說出他最想要的開場白。

「是，警官。我爸爸是伍茲・布恩，媽媽是瑪伽拉・布恩，他們是布恩&布恩法律事務所的律師。」

「好像聽過。所以父母都是律師，那麼你應該懂得法律了，不是嗎？」

「我想是吧。」

「本鎮的法規禁止在人行道上騎乘腳踏車，不論白天或晚上，沒有例外。你不知道嗎？」

「是，我知道。」

培奇伯怒視著西奧，彷彿他可能亮出老舊手銬來銬住犯人雙手。「你沒事吧？」

「我沒事，警官。」

「那就趕快回家，與人行道保持距離。」

「是，警官。謝謝您。」

培奇伯警官以大嗓門聞名，卻不輕易咬人，而且他幾乎不曾開罰單給騎單車的孩子。他喜歡大聲恐嚇威脅，但盡可能迴避任何紙上作業。西奧迅速騎車離開，還好沒有惹上麻煩，他深深鬆了口氣，卻想著這狀況不斷的一天還會發生什麼事。他的手機響起，於是停下車來接聽電話。是媽媽打來的，要他直接回家，崔恩夫婦的會談終於結束，事情進行得很順利。

西奧進門時，他父母正在吃冷凍比薩，兩人都筋疲力竭，他們詢問庇護所的狀況，但幾乎累得無法說話。西奧很好奇崔恩夫婦的狀況，以及在他離開之後又發生什麼事，可是律師與客戶間的保密機制立刻開始運作，於是對話嘎然而止。他父母從來不曾提起客戶的事，絕不。客戶的情況以及他們和律師之間的談話，絕對是禁止進入的領域。布恩太太只說他們達成協議，崔恩夫婦決定進行婚姻諮商。

西奧有很多事想跟他們討論：兩個被劃破的輪胎、遭入侵的置物櫃，再加上丟進他辦公室的石頭。有人想折磨他，他需要找人聊一聊，但談起來可能很花時間，而現在布恩全家，包括法官在內，都準備上床休息了。他爸爸雖然是律師，卻是盡量迴避衝突的那一型，在與崔恩夫婦纏鬥三小時後，特別顯得疲憊不堪，連布恩太太也在抱怨頭痛。西奧原本打算無論如何都要全盤托出，因爲他急需要協助和忠告，然而當他正要開始說些什麼時，電話突然響起。又是那位懊惱的崔恩太太。

西奧和法官只好回房間睡覺。

第7章

隔天是星期三，西奧如往常般騎車飛馳到學校，但他避開市中心，也和人行道保持距離。吃早餐的時候，他沒機會和爸媽說話，因爲爸爸照舊一早就出門，去和朋友們喝咖啡聊是非，媽媽則急匆匆出門赴約。西奧和法官獨自在靜默中用餐。

根據頭條報導，彼得．達菲仍然不見蹤影；有竊賊入侵緬因街的電腦用品店；兩名斯托騰堡學院的學生因網路追蹤❻遭逮捕。沒有半個字提到不知名的嫌犯襲擊西奧．布恩的辦公室，因爲連警方都還不知道這件事。

西奧很慶幸今天已經是星期三，肯定比他的星期二強得多。

第二節課是幾何學，西奧沒料到他的週三會突然變得比週二還慘。透過擴音器，傳來學校祕書葛洛莉雅小姐尖銳的聲音，質問著：「卡曼老師，西奧．布恩在教室嗎？」

當時西奧的思緒正愈飄愈遠，他在幻想要去馬羅湖畔露營的事。一聽到自己的名字，他馬上端正坐直，彷彿被甩了一巴掌。

「他在。」卡曼老師回答。

「請他來辦公室一趟。」

西奧立即起身，離開教室。

兩名身穿黑色套裝的警探坐在葛萊德威爾校長的辦公室，西奧走進房間時，校長的臉慘白得就像剛撞見鬼。她連珠炮似地說：「西奧，這兩位先生是警察局的人，他們想跟你談談。」兩個人坐著不動且面無表情，矮個子的那位年紀較大，是佛蒙警探，西奧曾在法院見過他；事實上就在幾個月前，西奧才看到他出庭作證。另外一位是西奧從未見過的漢姆頓警探說：「西奧，我們想問你一些問題。」

因為沒有多餘的椅子，西奧只好靠牆站著，想不通為什麼他們要找他。他第一個念頭是辦公室被打破的窗戶，不過立刻放棄這個想法，那麼小的一宗破壞案用不著動用兩名警探。西奧勉強吐出話說：「好。」

漢姆頓繼續說：「你昨晚該不會碰巧在鎮上吧？」

西奧不喜歡他的語氣，也不喜歡他深鎖的眉頭，兩者加在一起，很明顯他們在懷疑他做了什麼壞事。西奧看著葛萊德威爾校長，她緊張得不停在桌上彈手指。他看著佛蒙警探，

❻網路追蹤（cyber stalking），指透過網路或其他電子裝置對個人、團體或組織進行跟蹤或騷擾的行為，包括不實指控、監視、威脅、身分竊用、毀損資料或裝備，以及對未成年人有關性方面的教唆。

對方正在口袋筆記本上記錄著事情。

西奧說：「我昨晚在高地街庇護所。」

「你昨晚曾因任何理由經過緬因街嗎？」漢姆頓問。

「為什麼要問我這些問題？」西奧問，而這話激怒了兩名警探。

「西奧，我負責問問題，你負責回答。」漢姆頓猙獰地笑，像個演技很差的電視演員。

「回答問題就好。」佛蒙附和。這位才是真正的狠角色。

「沒有，我沒去鎮上。」西奧慢吞吞地回答，「我先去庇護所，然後騎車回家。」

「你是不是撞上司徒．培奇伯警官？」漢姆頓問。

「對，我不小心撞到他，不過我們都沒事。」

「那是在哪裡發生的呢？」

「緬因街上，緬因街和法利街交叉口附近。」

「所以你昨天晚上的確去過鎮上，對不對，西奧？」

「我騎車經過。」

警探們交換得意的表情，葛萊德威爾校長的手指彈得更快了。漢姆頓說：「緬因街上有一家電腦用品店，距離法利街約兩條街遠，店名叫做『大麥克電腦系統』，你知道那裡嗎？」

西奧搖頭。不知道。然而，他記得今天早上瀏覽地方新聞頭條時看過這個名字，這家店在前一晚遭小偷闖空門。

佛蒙補充說明：「這家店專賣桌上型電腦、筆記型電腦、印表機、電腦軟體這類產品，但他們也賣最新款的平板電腦、電子書閱讀器，甚至手機。西奧，你從沒去過那家店嗎？」

「沒有，警官。」

「你有筆記型電腦嗎？」

「有，警官。超薄型朱比特，十三吋，耶誕節的禮物。」

「在哪裡？」

「在我背包裡，現在在教室。」

「你會把電腦放在置物櫃裡嗎？」漢姆頓問。

「偶爾會，爲什麼這麼問？」

「再說一次，西奧，我們負責問問題。」

「好吧，不過我怎麼覺得你們認爲我做了什麼壞事，如果眞是這樣，那我要找律師。」

兩位警探聽了都覺得很好笑。一個十三歲小子說要找律師，他們一天到晚對付惡棍與罪犯，而他們每一個也都說要找律師。這孩子一定是電視看太多了。

「我們想看看你的置物櫃。」漢姆頓說。

西奧知道同意任何形式的搜索都是不智之舉，汽車、住家、衣物口袋、辦公室，甚至是置物櫃，絕對不要允許他們進行任何搜索。如果警方相信有犯罪證據，那麼他們應該去向法官申請搜索狀或是書面同意書，之後才能進行搜索。然而西奧知道自己沒做壞事，而且他就像其他無辜的人一樣急於證明自己的清白，他也知道學校有權不經他的同意便查看置物櫃。

「當然。」他說，顯得有點不情願，兩位警探及校長都注意到他明顯遲疑了一下才同意警方搜索。他們四個人離開辦公室，前往空蕩蕩的大廳。下課鐘聲即將在十五分鐘內響起，屆時大批學生會湧入大廳，目睹西奧和兩位西裝打扮的陌生人在一起，而幾秒鐘內，全校都會知道他正在接受警方調查。他們在西奧的置物櫃前停下，西奧環顧四周，目前還空無一人。

「你上次打開櫃子是什麼時候？」漢姆頓問。

「早上剛到學校的時候，大概八點半。」

「那就是兩個小時前囉。」

「是的，警官。」

「你當時有留意到什麼不尋常的事情嗎？」

「沒有，警官。」西奧很想說出有人在星期一入侵置物櫃的事，但他突然感到很急迫，現在他和校長與兩個警察在一起，一想到會被別人看到這個場面就覺得害怕。

「你現在可以打開了。」漢姆頓說。

西奧輸入密碼「五八三四三」，一打開門，他發現沒有東西不見，卻有其他東西大剌剌地

在這裡現身。櫃子左側冒出三個輕薄短小的物件斜倚在他的教科書旁，他從來沒有見過這些東西。

「什麼都別碰。」漢姆頓一邊說、一邊俯身查看，西奧的頸背感覺到他的呼吸。佛蒙和葛萊德威爾校長靠攏過來，大家沉默了幾秒鐘。最後漢姆頓問：「西奧，你看到什麼不尋常的東西嗎？」

西奧口乾舌燥，勉強說出：「是，警官，這些東西不是我的。」

那幾樣輕薄的物件是「林克斯四號平板電腦」，也是現在市場上最熱門、最輕巧、最受歡迎的個人電腦。它擁有驚人的繪圖功能、無限制記憶體與許多應用軟體，市價三九九美元，林克斯四號比較便宜，功能卻遠優於其他競爭對手。佛蒙警探戴上外科手術用手套，像對待稀有鑽石般取出那幾台電腦。現在它們一一躺在校長的辦公桌上，店家大麥克已接獲通知，正要趕來確認失竊物品。

「請打電話給我媽媽。」西奧對葛萊德威爾校長說：「或是我爸爸，誰都可以。」

「不用這麼快。」漢姆頓說：「我們還有一些問題要問。」

「我不會再回答任何問題。」西奧說：「我要我父母在場。」

「如果西奧說這些電腦不是他偷的，那我相信他。」葛萊德威爾校長說。

「非常謝謝您。」漢姆頓說。

「你們怎麼知道電腦在這裡？」西奧問。

「再一次提醒你，西奧小子，請記住了，我們負責問問題。」漢姆頓說。他的語氣和態度從一開始就很糟，現在發現這些電腦、罪證確鑿，他整個人變得更讓人難以忍受。

「我可以打電話給他父母嗎？」葛萊德威爾校長問。

「你當然可以。」西奧說：「學校又不歸他們管，他們不能命令你該怎麼做。」

「給我閉嘴，小子。」佛蒙說。

「請您放尊重點！」葛萊德威爾校長說：「請不要用這種方式對我學生說話，西奧不是罪犯，我相信他的話。」

西奧移步到葛萊德威爾校長身旁，拿出他的手機，按下快速鍵，打電話到布恩&布恩法律事務所。是艾莎接的電話，西奧雙眼直視怒火中燒的漢姆頓警探，然後說：「嘿，艾莎，是我，西奧，我有事要找媽媽。」

「怎麼了嗎，西奧？」

「沒什麼，讓我跟媽媽說話。」

「她在法院，西奧，整個早上都抽不出身。」

「好，那讓我跟爸爸說。」

「他不在，他在威克斯堡處理土地交易案。發生什麼事了，西奧？」

西奧沒空和艾莎閒聊，而且她也幫不上忙。眼看兩名警探的怒火即將爆發，西奧自覺已經沒時間了，他掛上電話，按了另外一個快速鍵，然後說：「艾克，是我，西奧。」

艾克應道：「早安，西奧，你爲什麼在早上十點半打電話給我？」

西奧說：「艾克，我在學校，有兩名警探指控我偷東西，他們在我的置物櫃裡發現幾台別人放在那裡的電腦，你可以過來一下嗎？」

「夠了，你這小子。」漢姆頓怒吼。艾克沒有回應，不過他辦公室的電話斷掉了。

西奧啪地闔上手機，放回口袋。嚴格來說，這是違反學校規定的，校園裡只有八年級學生能攜帶手機，而他們有幾個人會帶著。使用手機有嚴格的規定，所有人上課時間都必須關機，只有下課與午餐時間才能開機。在現在這個狀況下，西奧不認爲校長會因此對他生氣。她的確不在意。

「我們沒有指控你什麼。」漢姆頓說：「我們只是在進行調查，一旦發現失竊物品，我們就得問幾個問題，這不是很合理嗎？」

「電腦不是西奧偷的，明白嗎？」葛萊德威爾校長堅定地表示。

佛蒙決定扮演「好警察」的角色，他露出假惺惺的微笑。「這麼說來，西奧，你沒有把這些電腦放在櫃子裡，那肯定是其他人做的囉。還有誰知道你置物櫃的密碼呢？」

安全的問題。西奧回答：「據我所知沒有，不過星期一有人入侵我的櫃子，他們偷了一頂雙城隊棒球帽和一些別的東西。我當時沒向學校報告，但我打算要說的。」

葛萊德威爾校長轉頭看著西奧。「你應該早點說啊，西奧。」

「我知道，我知道，很抱歉。我本來想先和我爸媽討論，再向校長報告，但我一直沒機會跟他們說這件事。」

「所以學校這邊有所有置物櫃的密碼囉？」佛蒙問。

「是的，可是那個檔案放在一個機密資料夾，儲存在學校的主電腦系統裡。」葛萊德威爾校長說。

「最近有駭客入侵學校電腦嗎？」

「據我所知沒有。」

「學校之前發生過置物櫃東西被偷的事件嗎？」

「沒有。」她回答，「偶爾會有學生沒把櫃子鎖好，門因此稍微敞開了點，這可能會導致丟失一兩樣東西，不過印象中沒有學生拿著別人的密碼去偷東西。」

「西奧，你呢？」佛蒙問：「你知道有誰取得了別人的密碼，闖入他們的櫃子裡？」

「沒有，警官。」

漢姆頓瀏覽他的筆記，然後看著西奧說：「昨晚發生的『大麥克電腦系統』竊盜案，小偷一共偷走了十台平板電腦、六台十五吋筆記型電腦，以及約十二支手機，你知道現在這些東西在哪裡嗎？」

西奧咬牙切齒地說：「我對昨天晚上的竊盜案一無所知，因爲我並不在場，而且我也不知道這些電腦是怎麼跑到我的置物櫃裡。我說過我想找律師，在律師過來之前，我不會再回答任何問題。」

「西奧，如果你願意合作，事情會進行得順利些。」漢姆頓說。

「我已經很合作了，我讓你們搜查我的置物櫃，而且我說的都是實話。」

第8章

大麥克是個瘦小的男人，只比西奧略高一點，他一進入校長辦公室，就惡狠狠地瞪著嫌犯，彷彿想開槍斃了他。西奧站在校長座位後方，看著警探們拿出外科用手套給大麥克。

「你們倆何不到外面等？」漢姆頓說。於是西奧和葛萊德威爾校長離開辦公室，在接待區等候。門關上後，校長說：「我不懂他們為什麼這麼無禮。」

「他們只是在盡他們的本分。」西奧說。

「你想再打電話給你爸媽嗎？」

「或許等一下再打。他們不在事務所，都在外面忙著。」

下課鐘聲響了，西奧很想找個地方躲起來。這個時候學生要往下節課的教室移動，偶爾也會有幾個學生因急事而衝到辦公室，別人可能會看到他坐在這裡，一副因為做錯事而被問話的模樣。他發現這裡有一本雜誌，當大廳的嘈雜聲逐漸延伸到整個校區，他把臉藏在雜誌後方，蜷縮著身子靠在飲水機旁邊。

在校長室裡，大麥克移除每一台電腦後方的一小塊板子，核對註冊序號。他戴著手套以免破壞上面原有的指紋，比對電腦上的號碼與店裡存貨清單的紀錄。「沒錯，這些是我店裡的。」他說：「看來你們逮到小偷了。」

「我們會再確認。」漢姆頓說。

「你是什麼意思？你們在那小子的置物櫃裡找到這些電腦，不是嗎？在我看來你們已經找到證據了，他想狡辯也沒辦法。我現在就想提出告訴，我們要對他施壓，這樣才能供出其他贓物的位置。」

「我們會負責調查，麥克。」

「我覺得我上禮拜在店裡看過那個小子。」

「我沒辦法證明，你知道吧？一堆孩子來來去去，但那個小子看起來很眼熟。」

佛蒙看著漢姆頓。「麥克，你確定嗎？」

「他跟我們說，他從沒去過你的店裡。」

「不然你希望他怎麼說？我們知道他就是小偷，不是嗎？如果他會闖空門偷東西，那他一定也會說謊。我要那小子被關起來，懂嗎？我每年都因爲扒手和小偷而損失一大筆錢，只要抓得到，我一定告到底。」

「我們懂，麥克。我們會徹底調查，等結束時再去你店裡。謝謝你的合作。」

「沒問題，要幫我找回其他東西，好嗎？」

「我們會的。」

大麥克甩上校長辦公室的門，走過葛洛莉雅小姐的辦公桌時，他瞥見躲在飲水機旁邊的西奧。「喂，你這小子，你從我店裡偷走的其他東西呢？」他逼問。此時一位六年級老師正在不遠處與校長悄聲說話，一個七年級學生因爲發燒而躺在小沙發上。每個人都轉頭看大麥克，然後再看著說不出話的西奧。

「我要拿回我的東西，明白了嗎？」大麥克說，聲音甚至又更大聲，而且朝著西奧逼近了一步。

「我沒有拿你的東西。」西奧勉強說出一句話。

「不好意思，這位先生……」葛洛莉雅小姐對大麥克說。突然門開了，佛蒙警探走出來，指著大麥克說：「夠了，這裡的事我們會處理，你可以走了。」大麥克只好離開，沒再多說些什麼。

第三節鐘聲響起，那位六年級老師瞪著西奧，彷彿把他當做殺人犯看待，而那個發燒的同學，叫馬克什麼的，也從沙發上坐起來瞪著西奧。葛洛莉雅小姐的眉毛高聳著，額頭出現一條條橫紋，顯現一副他有罪的樣子。西奧想大叫，說他不是小偷、他沒有偷走大麥克的任何東西，事實上，他這輩子從來沒有偷過東西，但過了好幾秒，他只是呆呆站在那裡，覺得整件事難以置信。

他從來不曾被指控任何罪名。

佛蒙警探說：「你可以進來嗎？」西奧隨著校長回到辦公室。校長坐在她辦公桌後方的大旋轉椅上，西奧站在她旁邊，他們兩個對兩名警探。

佛蒙說：「這些已經由店家確認，註冊序號完全吻合一致。既然已經取回部分贓物，我們現在必須徹底檢查布恩先生的置物櫃，仔細採集指紋，並做出一份內容物清單等等。」

漢姆頓附和說：「而且我們必須跟這個櫃子附近幾個櫃子的主人聊聊，或許他們曾經看到什麼可疑的人事物，你知道的，就是些例行公事。這些事愈快做愈好，你知道孩子們的記憶有多短暫。」

葛萊德威爾校長知道十三歲孩子的記憶力遠比成人好，但她不想爭論，只是說：「好吧，不過我想你們一定能等到下午三點半課程結束再說，何必影響學生學習呢？」

一想到兩位警探要求他的朋友們排成一列接受質詢的畫面，西奧就覺得很可怕。消息很快就會傳開，大家都會知道西奧涉嫌竊盜，警方正對他窮追猛打。西奧需要協助。葛萊德威爾校長已經盡其所能保護他，不過他需要更多火力。

門突然砰地打開，艾克像旋風一般竄入。「怎麼回事?!」他質問，「西奧，你還好嗎？」

「不是很好。」西奧說。

佛蒙起身說：「我是佛蒙警探，斯托騰堡探長，這是我的搭檔漢姆頓警探。請問您是哪位？」介紹文相當冷硬，而且三個男人都沒有握手的意思。

「艾克．布恩，前布恩&布恩法律事務所律師，西奧是我姪子。」

「我是葛萊德威爾校長，歡迎來到我的辦公室。」

艾克微微點頭說：「很榮幸，我想我們之前見過面。現在是怎麼回事？」

「你是律師嗎？」佛蒙問。

艾克回答：「曾經是。現在我是西奧的伯父、顧問、諮商師、監護人，或是任何需要我扮演的角色。如果你要律師，大概給我一小時，我就讓他們全在這邊排隊站好。」艾克的穿著一如平常：褪色牛仔褲，涼鞋不穿襪，老舊的紅條啤酒廣告T恤，外面套著棕色格子花呢運動外套，灰色長髮綁成一束馬尾。他現在的情緒十分激動，彷彿隨時準備動粗，而西奧很清楚，此時此刻沒有比艾克更合適的保護者了。

漢姆頓警探很明白這是什麼狀況，決定接手，他以平靜的語氣說：「好，布恩先生，緬因街一家電腦用品店昨晚遭小偷闖入，今天早上我們接獲匿名線報，說某些贓物就在西奧．布恩的學校置物櫃裡。西奧同意讓我們搜查他的櫃子，而我們在裡面找到三台林克斯四號平板電腦，每台市價約四百美元。店老闆已經核對過序號，確認這些就是他店裡的商品。」

「太好了！」艾克大聲說：「那我們知道究竟是誰搶了那家店，就是那個給你線報的傢伙。爲什麼你們不追蹤線報來源，反倒一直在這裡騷擾西奧？」

「我們不是騷擾。布恩先生。」漢姆頓說：「我們只是在進行調查，盡可能追查密告者也同樣是調查的一部分。這是全面性的調查，您能夠理解嗎？」

艾克深呼吸一口氣，看著西奧說：「你沒事吧，西奧？」

「大概吧。」他回答，但事實不然。兩個被劃破的輪胎，那個破窗而入的石頭害他和狗狗身上灑滿了玻璃碎片，某人第一次入侵他的置物櫃時偷了棒球帽，而現在竟然演變成這樣。有人想折磨他，而且做得相當徹底。

葛萊德威爾校長說：「各位願意聽聽我的看法嗎？既然在我的辦公室，我就直說了，只要在不打擾教學的前提下，警方絕對有權進行調查，但我也認爲，西奧沒有偷走任何東西。」

三個男人點頭，西奧完全同意，卻動彈不得。

「那接下來要做什麼？」艾克對警察吼了一聲。

漢姆頓警探回答：「這個嘛，我們想請西奧到警局走一趟，做個筆錄，只是些例行公事。接著我們要和一些學生聊聊。」

西奧電視看得夠多，到警局走一趟讓他立刻聯想到戴上手銬、坐在巡邏車後座等等，有那麼一瞬間，他覺得這樣還挺有趣的。他從來沒戴過手銬，也從沒見過警車後座，這個探險事後聊起來會很有意思，當然那是在他洗清罪名很久之後。不過趣味感沒一會就消失了，因爲他想起這個八卦會傳遍校園和鎭上，沒多久，整個世界都會知道西奧就是主要嫌犯。

「學校是三點半放學對嗎？」艾克問校長。

「沒錯。」

「好。如果你們同意的話，今天下午四點，我會讓西奧去一趟警察局，我相信他會由父母陪同。」

警探互相交換眼神，很明顯地，他們兩人都不想爲這件事與艾克爭吵。「我們什麼時候可以和其他學生交談？」佛蒙警探問。

「我想就是三點半。」葛萊德威爾校長說。

「西奧，誰的置物櫃在你附近？」漢姆頓問。

「伍迪、雀斯、喬伊、瑞卡多，班上大部分同學。」西奧回答，「達倫就在我正下方。」

佛蒙看著漢姆頓說：「我們得請鑑識科的人過來，採集那個區域的指紋。」

「對。」漢姆頓回答，「我們也需要你的指紋，西奧，等你下午來的時候再處理就行了。」

「你要我的指紋？」西奧問。

「當然。」

「我不確定那樣做好不好。」艾克說：「我會再跟他父母討論這件事。」

「我不在乎。」西奧說：「要指紋就給吧，你們不會在任何一台電腦上發現我的指紋，因

爲我根本沒碰過。而且如果你們想的話，還可以測謊，想怎樣就怎樣，我沒什麼好隱瞞。」

「我們會再看看。」佛蒙說。

兩位警探突然急著離去，漢姆頓闔上他的筆記本，塞進外套口袋裡。「謝謝你花時間配合，葛萊德威爾校長。」他站著說：「謝謝你的合作，西奧。很高興認識你，布恩先生。」

他們離開後，西奧坐在剛剛漢姆頓坐的椅子上。「我們還得談一點別的事。」他說，艾克坐到另一張椅子上，葛萊德威爾校長專注地聽著，他說出兩個輪胎被劃破的事，其中一個還是在學校的所在地發生的。當西奧說到前一天晚上有人從外面對著他的辦公室窗戶丟石頭的事，艾克說：「有人把你當成箭靶了。」

「而且他是玩眞的。」西奧說。

第9章

當西奧的媽媽涉入之後，事情就產生了一百八十度的轉變，這一點也不令人驚訝。

西奧在午餐時間打電話給媽媽，十五分鐘後她抵達學校，在葛萊德威爾校長的辦公室裡砲轟連連。西奧竟然在家長缺席的情形下遭受警方質詢，她對此大發雷霆，但校長向她保證，西奧自己處理得很好，回答問題時很小心，盡可能不透露太多訊息。置物櫃的搜查則無可避免，因爲校方基於任何合理的原因，原本就有權開櫃檢查，而學校政策要求校長與其他管理人員在任何情況下，都得完全配合執法人員。

布恩太太原本希望能帶西奧離開學校，先回事務所，然後再去警局。葛萊德威爾校長卻覺得，等到今日課程結束後再離開比較妥當，星期三這天西奧已經被叫出教室一次，再來一次恐怕只會引發更多猜疑，她建議盡量讓事情顯得愈正常愈好。接著，她開始說明西奧這刺激的一週還出了什麼事，此時他爸媽還不知道兒子的輪胎被劃破、置物櫃遭人入侵，布恩太太聽了十分震驚，西奧竟然什麼都沒說，她對此大爲光火。

她離開時，請葛萊德威爾校長轉告西奧，放學後務必直接回到事務所。

三點三十分，漢姆頓警探在蒙特老師的教室等待，他事先已用電話通知蒙特老師，請他代爲「邀請」達倫、伍迪、雀斯、喬伊和瑞卡多放學後留下來，想跟他們稍微聊一下。在蒙特老師的陪同下，警探與這些同學們展開短暫的個別會談。達倫打頭陣，先在一張放大的照片中指出他的置物櫃位置，警探問：「你今天早上幾點到置物櫃那裡？」

達倫聳聳肩說：「剛到學校的時候，在導師課之前。」

「導師課是幾點開始呢？」

「八點四十分。」

「你爲什麼去置物櫃那裡？」

「去拿一些書和放一些書，就跟平常一樣。」

「你今天早上在那裡看到西奧．布恩了嗎？」

達倫想了好幾秒，再度聳聳肩說：「我想沒有，西奧應該已經在教室了。」

「那你記得今天早上在置物櫃那裡看到誰了嗎？」

他思索這個問題時又一陣沉默。「瑞卡多，或許還有伍迪，大概就是這幾個人吧。當時我眞的沒有停下來思考我看到了誰，我們通常都急著進教室。」

「那你可曾看到櫃子不在那附近的其他人？」漢姆頓緩緩地問。

「像是誰？」

「像是任何不應該在那裡、卻在那裡出現的人。」

「有人做錯事了嗎？」

「我們正努力要查明，達倫。今天早上十點以前，置物櫃附近出現過陌生人嗎？」

「陌生人？像是大人？」

「大人，或是其他學生，任何通常不會在走廊這一頭的置物櫃晃蕩的人。」

又是一陣長長的沉默，然後他緩緩搖頭。「沒有，警官。我沒有看到那樣的人。」

「也沒有什麼怪事嗎？」

「沒有，警官。」

與其他男孩的談話內容也都大同小異。只有雀斯記得那天早上在置物櫃附近遇見西奧，但不，雀斯並沒有看到西奧從背包裡拿書或其他東西出來。漢姆頓警探口風很緊，完全沒透露他們在西奧的置物櫃裡找到的東西，而且他也很小心不讓男孩們察覺到他們朋友的狀況岌岌可危。

星期三下午四點，西奧和他父母及艾克一起走進緬因街的警察局，這裡離法院約兩條街遠。佛蒙警探出來迎接，帶領他們下樓，走進一個狹窄的小地下室。他先詢問客人要喝點什麼（結果他們全都不需要），然後便開始談正事，他在下午已經與布恩太太電話交談過兩次，所以不會有預料之外的事情發生。

西奧自願先陳述他的遭遇，佐以許多律師的專業意見，而佛蒙會進行錄影與錄音。西奧已對父母保證，自己絕對毫無隱瞞，他對闖空門或贓物的事完全不知情。

他從星期一置物櫃遭入侵的事開始說起，接著提到兩個被劃破的輪胎，並提到吉爾車行的吉爾能為他作證。他再一次解釋，之所以沒有告訴父母，是因為沒有時間和機會。他描述前一天晚上辦公室的飛石事件，佛蒙警探從旁提出簡單問題，西奧終於講到在他置物櫃裡出現的平板電腦。他在導師課開始前幾分鐘曾用過置物櫃，一如往常，大廳既擁擠又吵雜，就像昨天和前天一樣。他輸入密碼打開櫃子，並沒有發現什麼可疑的狀況；因為星期一發生的事，所以他特別留意櫃子裡的東西。他確定當時林克斯平板電腦不在裡面，他也沒有看到任何不尋常的人在附近徘徊，沒有奇怪的大人，也沒有從其他班級、年級或教室來的同學。他從沒聽說學校裡發生過未經許可便擅入置物櫃的類似案件。

西奧慢條斯理地說明，態度小心謹慎，並在警方要求時覆述他的答案。他左邊坐著媽媽，右邊坐著爸爸，艾克則坐在桌子的另一端，仍然對警方竟敢質詢他姪子而忿忿不平。漢姆頓警探坐在西奧的正對面，耐心引導他走完整個程序。漢姆頓身旁的三角架上架設了一台攝影機，記錄所有的一切。

西奧詳實說明週二晚上撞見司徒．培奇伯警官的過程，也對事發現場加以描述。他很肯定自己從未去過大麥克的店，並建議他們調閱店家交易紀錄，便能證明他從未在店裡消費。

他結束之後，警方關掉攝影機與錄音機，每個人都放鬆了。漢姆頓警探表示他們暫時不採集指紋，因爲那三台平板電腦上並未檢測出任何指紋，沒有比對的必要。「可見這個人非常謹慎。」漢姆頓看著西奧說：「擦掉所有指紋，很可能戴著手套。」

西奧無法判斷漢姆頓警探是否仍然懷疑他。就像所有優秀的警探，他只透露極少訊息，而且表現出一副任何人都可能有罪的模樣。

「匿名通報的人呢？」艾克問：「追蹤到他了嗎？」

「或多或少。」漢姆頓回答得很突兀，很明顯不想受制於艾克。「對方是用醫院附近的公共電話打的，但恐怕很難確定是誰所爲。」

「什麼時候接到電話的？」伍茲．布恩問。

「九點二十分。」漢姆頓回答。

布恩先生繼續說：「所以說，西奧使用置物櫃之前，也就是八點四十分左右，那些電腦還不在那裡，表示小偷是利用第一堂課的時間把東西放進去，之後就離開學校，趕到醫院附近的電話亭打了電話；又或者他通知了校外的某個人，告訴對方他已經完成任務、可以和警方聯絡了。很可能是第二種情況，這表示這個小犯罪組織成員不只一人。」

漢姆頓警探瞪著伍茲．布恩，布恩先生也瞪回去。「也許你應該改行當警察。」漢姆頓說。

「也許你應該看清楚現況。這是栽贓，是設計陷害，我們不知道是誰或為什麼，但很明顯西奧與這件事毫無關係。現在他是受害者，而不是嫌犯。」

「我從來沒說過他是嫌犯，布恩先生。」漢姆頓冷冷地說：「這案子發生還不到一天，請您高抬貴手好嗎，我們才剛開始調查。」

「接下來要做什麼？我是說西奧。」布恩太太問。

「他可以離開了，我們不會在半夜逮捕他，如果需要再跟他談談，我會打電話聯絡你。」漢姆頓有點惱怒，可能是因為被一堆律師拷問的緣故。「我們的工作是要追蹤所有線索，再判斷犯案的人究竟是誰，我們不能斷定西奧說的是不是眞的，當然他聽起來非常可信，但我是警探，我和許多罪犯打過交道，他們每一個都宣稱是無辜的。或許西奧是清白的，也或許不是，你們覺得毫無疑問，但警方不是這樣辦案的。有一天，希望那天很快來臨，我們能得到更多線索，然後我希望能說：『西奧，你說的是眞的。』不過在那之前，我不會相信任何人。」

「你不相信我？」西奧說，覺得很受傷。

「聽著，西奧，我不知道你說的是眞的還是假的，身為負責本案的警探，現在做判斷還太早。到目前為止，我們手上的線索有限，可是那些線索現在都指向你，你了解嗎？」

西奧微微點頭，卻明顯不滿意這個答覆。

漢姆頓看看手錶，闔上資料夾說：「我在此謝謝各位過來一趟，就像剛剛說的，我們保持聯絡。」

布恩家的人走出警察局，個個神色凝重。

西奧在他位於布恩&布恩法律事務所的辦公室裡，試著想要讀書，但怎麼都無法專心。新的窗戶已經安裝好，碎玻璃也已全部清除，一點都看不出來這是昨天下午遭受毀壞的現場，然而西奧彷彿還聽得見當時砸破玻璃的撞擊聲、石塊擊中書架的巨響、破碎的玻璃四散的聲音、法官恐慌的尖叫聲，以及牠之後狂亂的幾秒鐘內一連串的吠叫。西奧幾乎還能聽到別的聲音。他覺得彷彿在夢中聽過那個聲音；在早上第一堂課的時候，在警方出現、毀滅一切之前，他覺得他曾經聽見那個聲音。他坐在書桌前，閉上眼睛，回想石塊破窗而入的當下，然後在之後幾秒鐘內，他幾乎聽到一陣腳步聲；有人正匆匆逃離現場。丟石頭的人正從他身旁逃走。西奧回想了無數次，多希望他當時曾瞥見那個人的身影。

那個神祕的人是誰？是大人嗎？還是另外一個學生？男性或女性？單獨犯案ㄉ圖或由幫派操控？

連法官都顯得有點焦躁不安。回到案發現場後，那些不愉快的回憶一擁而上，西奧發現自己根本無法做功課。最後他鎖上門，從剛裝好的窗戶朝外面瞄了一眼，沒有看到半個人，然後他騎車離開事務所，法官在後面緊緊跟隨。

第10章

照片是由一個匿名的 GashMail 帳號傳來的，原先是寄到斯托騰堡中學約十幾名學生的信箱。隨即以驚人的速度流傳，星期三晚上七點半，數百人、甚至可能上千人皆已經已瀏覽過照片，而且都知道是怎麼一回事。

拍照的人不願透露姓名與長相，而且顯然在西奧和他父母與艾克離開警察局時，這個人就躲在對街的某處。照片清楚捕捉到四個人眉頭深鎖、憂心忡忡的模樣，而他們身後的建築物正面以粗體字標示著「斯托騰堡警察局」。

這張照片還配上圖說：「西奧・布恩，十三歲，家住馬拉巷八八六號，正由父母陪同離開斯托騰堡警察局，他因星期二晚間發生在知名電腦用品店『大麥克電腦系統』的竊盜案而被捕。據消息來源說，警方在布恩就讀的中學置物櫃裡尋獲贓物，下週他將出席少年法庭，接受審判。」

每個星期三晚上，布恩家都會從中國餐館叫外賣。他們一家人在小書房裡就著折疊桌用餐。法官自認至少是一半的人類，也坐在西奧旁邊，偶爾吃幾口牠最愛的糖醋蝦。這天晚餐時間，幾乎沒人開口說話，西奧心情沉重，最近這些事如滾雪球般而來。他父母心事重重，想著該如何保護兒子。布恩太太幾乎沒怎麼吃她的雞肉炒麵，布恩先生則惡狠狠地咬著食物，彷彿他正在法庭與那些壞傢伙拚得你死我活，以證明西奧的清白。

西奧的手機響了，來了一通簡訊。他瞥了一眼，是他的好友愛波．芬摩，她說：西奧，去收電子郵件。很緊急。

他的父母很不喜歡晚餐被打斷，所以西奧邊吃邊回訊息：什麼事？

愛波回覆：慘事。緊急！快去收信。

西奧回覆：好。

他又吃了幾口，努力嚼，很快地嚥下，接著宣布說：「我吃飽了。」他端著盤子和玻璃杯起身，走向廚房。

「吃這麼快。」他媽媽說。他爸爸則神遊到別處去了。

西奧洗好盤子後，直接把背包放在廚房的工作桌上，幾秒後他已經上線，然後打開電子信箱。按下主旨爲「來自Gashmail的緊急訊息」，立刻就看到了照片，既清楚又明亮，無疑是離開警局的瞬間。他看到圖說的第一個反應是難以置信，下巴差點沒掉下來，他不禁張大嘴巴，盯著自己離開警局的照片愣了好幾秒。憤怒隨即取代了驚訝，他對這些謊言、虛構的情境感到無比憤怒，他並未被逮捕，也不用上法庭。接下來是一堆疑問：照片是誰拍的？他們當時躲在哪裡？為什麼會有人撒這種瞞天大謊？有多少人看到這張照片了？

「你們快過來！」西奧高喊。

西奧的爸媽擠在他身後看，對廚房工作桌上的螢幕瞠目結舌。某個可惡的傢伙偷偷拍了照片，然後編了一堆謊話到處散播不實消息。身為律師，他們第一個反應就是：到底要採取什麼法律措施才能阻止散播、有效處理這件事，並讓有罪的一方就範？

「我想這應該已經傳遍了。」布恩太太說。

「很有可能。」西奧回應。

「GashMail是什麼？」布恩先生問。

「是個不正當的伺服器，做壞事不想被抓就用這個，很多匿名郵件都是從這裡開始，而且真的很難查到源頭。」

「所以我們沒辦法追蹤囉？」

「網路世界裡什麼都有可能，不過得花不少力氣和金錢。」

「網路。」布恩先生露出鄙夷的神情，走向水槽，從上方窗戶往外望，觀察漆黑的後院。

西奧坐在桌子旁，揉著太陽穴。「我想我的人生已經毀了。」他說，差點沒掉眼淚。

「這能解釋的，西奧。」他爸爸說：「你朋友會知道實情的，陌生人怎麼想並不重要。」

「你說得容易啊，爸，明天又不是你去面對學校的人，而且你不知道網路謠言傳播有多快。鎮上有一半的人正在看著這張照片，他們都會立刻判定我有罪。」

媽媽坐在他身旁，拍拍他的臂膀說：「西奧，你沒有犯罪，事情一定會水落石出的。」

「我不那麼確定，媽，你今天也看到漢姆頓警探了，他認爲我有罪，如果他們沒找到眞正的小偷呢？如果調查結束後除了我沒有別的發現，只有我和那三台躺在我櫃子裡的電腦呢？時候到了，他們就得起訴某個人，而那很有可能就是我。我今天還碰到那家店的老闆，大家都叫他大麥克，相信我，他認定我就是小偷，而且他非殺雞儆猴不可。他會看到照片，警方也會看到，這讓大家更容易相信我是有罪的。」

西奧說完後，廚房裡出現一陣冗長又沉重的靜默。眞相會就此消失嗎？西奧眞的有可能被起訴嗎？一旦正義巨輪開始轉動，布恩家有辦法迴避那可怕的結果嗎？

每一台平板電腦市值約四百美元，四台一共是一千二百美元。失竊物品價值超過五百美元時就不是輕罪，而是重大罪行。西奧懂法律，他的思緒已經在此盤旋許久。他在辦公室時甚至還花時間查詢相關法令規定，把該做的作業擱在一旁。如果他今年十八歲或更大，他會以重罪被起訴，然而因爲他只有十三歲，這起案件會由少年法庭審理，規定也會有所差異。那裡比較重視隱私，所有檔案與審判內容都需要保密。沒有陪審團，一切由少年法庭的法官決定。很少判監禁，即使有也不會是長期監禁。

假設事情每況愈下，而西奧眞的被定罪，他可能會送到少年拘留中心幾個月。

送入牢房？西奧・布恩被宣判服刑？

太離譜了！簡直是瘋了。這些想像其實都是西奧反應過度，但他的心情太過激動，無法控制自己。

他媽媽對他說：「西奧，首要之務就是反擊。也就是採取攻勢。當你知道自己是對的時候，絕對不要退卻。在你的網頁上貼訊息，說出實情，寄電子郵件給你所有的朋友，告訴他們這張照片以及它的說明都是錯誤的。叫愛波、雀斯、伍迪和其他你信任的朋友幫忙用正確訊息灌爆各網站，把消息傳出去，說我們，西奧的家人，正在考慮循法律途徑解決此事。」

「考慮循法律途徑？」西奧問。

「當然，我們正在考慮，或許效用不大，但至少我們在考慮這麼做。」

「媽媽說得對，西奧。」布恩先生說：「至少你現在可以正面迎敵。」

西奧喜歡這個主意。儘管過去十分鐘他呈現癱瘓狀態，不過現在該採取行動了。

一小時之後，布恩全家還在廚房裡，三個人都在各自的筆記型電腦前埋頭苦幹，一邊追蹤謠言來源、一邊闢謠。但寡不敵眾，那張照片與圖說實在太誘人而難以抗拒，結果證明西奧是個很好的箭靶，兩位知名律師的獨生子因非法入侵與竊盜罪被捕，在他學校的置物櫃人贓俱獲。就像其他流言，重複愈多次就愈像是眞的，不用多久，謊言就會變成事實。

布恩先生闔上電腦，開始在他的制式筆記本上書寫；在西奧短短的十三年人生中，只要在家隨便走動，就會看到至少五本黃色橫格筆記本。

「我們來當偵探吧。」布恩先生說。布恩太太摘下她的閱讀用放大鏡，也闔上電腦。她啜飲一口花草茶，然後說：「好，福爾摩斯，我們開始吧。」

「首先，誰能入侵你的置物櫃而不被發現？」布恩太太問，「我無法想像一個陌生人、一個大人進入學校，走到置物櫃區，而且這個人還知道你的密碼，然後任意入侵。」

「我同意。」布恩太太說：「西奧，你看過老師、教練、工友或其他大人打開置物櫃嗎？」

「從來沒有，他們不會出現在置物櫃附近。老師們在教師休息室活動，工友們在地下室有更衣間，不過學生禁止進入，而教練們會使用體育館附近的更衣間。」

「所以，如果是大人應該很醒目？」

西奧想了一會兒，然後說：「如果我們認識那個大人，而他打開任何一個櫃子，那麼當然，我們會留意的，那感覺很不尋常。如果是個陌生人，我們可能會開口跟他說些什麼，我也不能肯定，因爲從來沒發生過這種事。」

「不過，你說的是下課時間大廳裡人來人往的時候，對嗎？」布恩先生問。

「對。」

「要是你們在上課，大廳不就空無一人了嗎？」

西奧再想了想。「大廳很少會是空的，即使是上課時間，也會有誰正要去哪裡，像是有通行許可的學生、工友或助教。」

「大廳的監視器呢？」布恩先生問。

「他們在幾個星期前把監視器拆了，為了設置新系統。」

布恩太太說：「這樣聽起來，要讓一個大人去開學生的置物櫃似乎太冒險。」

「我同意。」西奧說：「不過每件犯罪都有風險，不是嗎？」

「當然，不過平時不用置物櫃的人風險更高，不是嗎？」

「沒錯。」布恩先生篤定地說：「對校外人士來說更冒險，我建議排除那個可能性，所以現在推論是內賊所為，也就是學校裡的人做的，大家都同意嗎？」

西奧聳聳肩，但沒有異議，他媽媽也沒有。

布恩先生繼續說：「這個人知道該怎麼打開置物櫃、怎麼偷密碼，還能輕易靠近腳踏車架，而劃破輪胎只需要兩秒鐘。他認得西奧的腳踏車，還知道車子停在哪裡。他熟悉西奧的行程和一切行動，他很了解西奧，而且可以近距離觀察而不被留意。」

「一個學生？」西奧問。

「沒錯。」

布恩太太持懷疑態度。「很難相信一個十三歲的孩子能闖入那家店，避開所有監視器，並且乾淨俐落地逃脫。」

「但這比工友或是助教要來得可信。」布恩先生回答。

三個偵探沉默許久，深吸一口氣，細細思索這件事。西奧率先發言：「他有同夥，對嗎？還記得從醫院附近打的匿名電話嗎？更何況，至少要兩個人才有辦法把那堆贓物從電腦用品店拖走。」

「沒錯。」布恩先生再度附和。「再看看他們對新科技的熟悉度，知道如何駭進學校電腦取得密碼，聰明得在我們下午離開警局時拍照，還懂得使用GashMail在網路上傳播訊息而不被逮，我覺得聽起來像是年輕人做的事。」

「我想任何人都有可能從窗外丟石頭進來。」布恩太太表示。

「是的，不過這似乎比較像是未成年人的行爲，不是嗎？」

三個人一致同意。

西奧說：「我猜大部分學生，至少大部分男生，都知道童軍集會時間和地點，想在退伍軍人協會附近找到我的車並不難。」

這些線索愈來愈有說服力。

「西奧，你們學校有多少學生？」布恩太太問。

「從五到八年級，一個年級五班，所以一個年級有大概八十人，乘以四，差不多是三百二十個人。」

「我們排除女生吧。」布恩先生說：「我覺得女孩子不太可能去劃破輪胎，或是丟石頭砸窗戶。」

「這我倒不敢說，爸。我們學校有一些很粗魯的女生。」

「西奧，就先暫時同意吧。我們可以之後再來討論女生的事。」

「好吧，那我們現在縮小範圍到一百六十個男生。」西奧說：「怎麼開始找人呢？」

原本熱烈的討論突然冷卻下來，布恩夫婦知道西奧在學校很受歡迎，他不欺負人、不打架，也不找麻煩。

布恩先生說：「我們認識你的朋友，西奧，但那只是少數。我們不認識大部分的學生，你要不要列一張可疑同學名單，和你意見不合的同學，或是最近一年內因爲什麼事可能對你懷恨在心的同學？」

「辯論小組呢？」布恩太太問，「你辯論從來沒輸過，也許是輸的那方裡頭的某個人覺得受到傷害。」

「也許是你們童軍團裡的某個人嫉妒你。」布恩先生補充。

西奧邊聽邊點頭，他的思緒轉得飛快，試著想像所有可能的敵人。他說：「呃，我相信一定有同學不喜歡我，但有到這種程度嗎？這感覺太小題大作，而且是小到連我本人都沒察

覺的事。」

「你說得沒錯。」布恩太太說。

「西奧，你再想想看。列出一份首要可疑對象清單，然後我們明天晚餐時間再來討論。」

「我盡力。」西奧說。

第11章

星期四早晨，七點半鬧鐘響起，西奧早已清醒，他覺得胸口有什麼東西堵住，這一定是生病的前兆，他沒辦法去學校。他瞪著天花板，等病情惡化，希望來個全面性的作嘔症狀，不只感到噁心，還要嘔吐。接著頭也開始疼，他確信某種偏頭痛正在逼近，雖然那是他前所未有的經驗。幾分鐘過去了，很遺憾地，他的情況並沒有惡化。

他該如何走進校園並面對所有對他的懷疑呢？他如何從那些玩笑話、冷嘲熱諷和各種嘲弄中全身而退？如果有某個最適合蹺課、逃學、裝病之類的日子，那肯定就是今天！

法官先開始動作。牠從床下探出頭，準備出動。西奧好羨慕牠，牠的一天會在事務所裡度過，在艾莎的辦公桌旁睡大頭覺，從一個房間漫遊到另一個房間，在廚房裡打轉、尋找食物，不然就是在西奧的辦公室裡打盹，等著他從學校回來。沒有煩惱，沒有壓力，也不用害怕有人跟蹤牠、計畫陷害牠。多棒的人生啊，西奧心想。這就是狗的人生，似乎不太公平。

西奧坐在床邊，滿心期盼嘔吐的感覺趕快來，但不得不承認他其實感覺好多了。法官只是盯著他。門外傳來腳步聲，接著有人輕輕敲門。「西奧。」他媽媽悄聲說：「你醒了嗎？」

「是的，夫人。」西奧裝出斷啞的聲音，彷彿快嚥下最後一口氣。

她打開門走進來，在西奧身旁坐下。「來，給你準備了熱巧克力。」西奧接過去，用雙手捧著。巧克力的香味很濃郁，而且很好喝。

「你睡得好嗎？」她問，身上還穿著厚重的浴袍和她最喜歡的毛茸茸拖鞋。

「不太好。」西奧說：「我一直作同樣的惡夢。」

「是怎樣的惡夢？」她邊說邊整了整頭髮。

西奧喝了一口熱巧克力，舔舔嘴唇。「是個很怪的夢，一點道理也沒有，而且不斷重複。警察在追我，有一大票警察，全副武裝。我騎著腳踏車逃走，他們遠遠落在後方，卻開槍射中了兩個輪胎，於是我把車丟進排水溝，逃進樹林。警察離我愈來愈近，子彈紛紛飛向我身旁的樹木，他們還帶著警犬，眼看就要追上我了。突然有人大叫：『嘿，西奧，來這裡。』我循著聲音跑過去，是彼得．達菲，他開著一輛大卡車，於是我跳上卡車後座，我們在槍林彈雨中開車逃走。達菲發狂似地開車，我在後面被甩來甩去，突然我們開到了緬因街，好多人大聲喊著『加油，西奧，加油！』之類的話。警車就在我們身後，閃著燈且警笛大作，我們撞倒了路障，正要逃脫的時候，四個輪胎全被射穿了。」

西奧停下來，啜飲熱巧克力。法官盯著他瞧，心裡只有一個念頭：早餐在哪裡啊？

「最後你逃走了嗎？」他媽媽問，似乎覺得這個故事很有趣。

「我不確定，我想這個夢還沒有完。我們在一些巷道裡奔跑，每次一轉彎就看到更多警察，他們全都對我們不停掃射，就像軍隊一樣追殺我們。特種部隊也出動了，還有直升機在空中盤旋，達菲一直說：『他們抓不到我們的，西奧，繼續跑。』我們穿越法院，雖然是半夜，卻擠滿了人，接著我們朝河邊跑去。基於某些理由，我們決定過橋。走到一半，看到特種部隊在對面等著，然後朝我們前進。我們停下腳步，回頭一望，只見到處都是警察和警犬。達菲說：『西奧，我們得往下跳。』我說：『我不要跳。』結果他爬上欄杆，正要跳下去的瞬間，子彈從四面八方飛來，全都射向他。他發出慘叫，往下墜落，我看著他掉落河裡。河裡有幾艘船，上面的人聽到達菲嘩啦啦的落水聲後都歡呼叫好，然後他們開始大喊：『跳啊，西奧，跳！』警察從兩側夾攻，一時間警犬咆哮、警笛鳴叫、槍聲四起。我舉起雙手像是要投降，接著忽然往欄杆一側跳下，那座橋大約有兩公尺半高，不過這只是夢，好嗎？我就像奧運跳水選手一樣縱身一跳，下墜時開始做出空翻、旋轉和轉體等動作，天曉得我是在哪裡學會這些動作的，原本看似遙遠的河面離我愈來愈近。」他又喝了一口熱巧克力。

「然後呢？」她問。

「不知道。跳水花了不少時間，而我在落水之前就醒來了。我想再繼續睡，好完成跳水，但怎麼也沒辦法。」

「這個夢很酷，西奧，精彩動作很多又很刺激。」

「作夢的時候並不酷，我嚇得半死，你沒被警方追殺過吧？」

「嗯，倒是沒有。你要開始想一些可能對你懷恨在心的敵人。」

西奧又喝了一小口，想了一會兒。「拜託，媽，小孩子怎麼會有敵人？你想想看，我們都有不喜歡的人，也有別人不喜歡我們，對嗎？但我無法想像我會稱呼誰爲『敵人』。」

「有道理。那麼誰最不喜歡你？」

「貝蒂・安・哈克納。」

「發生什麼事了？」

「幾個月前我們參加一場辯論會，男生對女生，主題是槍枝管制。辯論過程相當激烈，不過都很正當，最後我們贏了辯論，她那時候很懊惱。我後來聽說她叫我『渾蛋』、『只會耍嘴皮子的小丑』，從那之後我們每天還是會碰面，但她總是殺氣騰騰地瞪著我。」

「西奧，你應該試著跟她溝通。」

「才不要。」

「爲什麼不要？」

「我怕她會把我宰了。」

「她有可能劃破你的輪胎、對窗戶丟石頭嗎？」

西奧搖頭，想了半晌。「不大可能。她是個好女孩，只是人緣不太好，我甚至有點同情

她。她不會是我們要找的嫌犯。」

「那會是誰呢？」

「不知道，我還在想。」

「你該準備上學了。」

「媽，我現在感覺糟透了，很想吐，頭又很痛。我想我今天最好待在家。」

她微笑，又理了理她的頭髮，壓根兒不相信，然後說：「多麼令人驚訝啊。西奧，你知道嗎，如果你不要為了蹺課而老是裝病，我可能偶爾還是會相信你。」

「學校很無聊。」

「這個嘛，你沒得選啦，如果想進法律學校，一定有什麼規定說你非得念完八年級不可。」

「哪裡的規定？」

「我隨口編的。聽著，西奧，今天或許會有點難過，很多八卦傳來傳去，也許還會有人開你玩笑，我知道你寧可躲開，但這樣不行。你要咬緊牙根、抬頭挺胸，因為你沒做錯事，沒有什麼覺得羞恥的。」

「我知道。」

「還要保持微笑。微笑能讓世界變得更美好。」

「今天可能很難笑得出來。」

西奧將腳踏車停在別的地方，一個靠近餐廳的車架。上鎖之後，他忍不住東張西望，想確認是否有人在監視他。現在提心吊膽已經變成習慣，他覺得很厭煩。

八點二十分，他和愛波在餐廳碰面，這裡是早到學生的社交場所，聊聊天、喝蘋果汁或一起讀書。愛波是他的朋友，一個知心的朋友，但不是女朋友，西奧信任她勝過任何人，而她也會對西奧傾吐心事。愛波的家庭生活一團糟，她爸爸來來去去，媽媽瘋狂的程度至少也有爸爸的一半，而哥哥姊姊早已離家。愛波也想離開那個家，可是她的年紀還太小，她的夢想是成為藝術家，定居巴黎。

「你還好嗎？」愛波問。他們坐在一張長桌的邊緣，盡可能離其他學生愈遠愈好。

西奧咬緊牙根，抬頭說：「我沒事。我沒做錯任何事。」

「那玩意已經傳遍網路了，好像還愈演愈烈。」

「聽我說，愛波，我沒辦法控制那件事。我是清白的。我還能怎麼做？你要蘋果汁嗎？」

「好啊。」

西奧橫越餐廳，走到提供免費蘋果汁的櫃檯。他拿了兩杯果汁，正要走回愛波那裡，一群七年級男生開始反覆而有節奏地高喊：「有罪！有罪！有罪！」

西奧看著他們，露出他的牙套，裝出一個微笑，假裝自己覺得這很有趣。菲爾・杰科比在學校是個大嘴巴，他來自鎮上一個較不好的區域，是個狠角色。西奧認識他，但不會在一起玩。其他幾個學生也加入大喊：「有罪！有罪！有罪！」不過等西奧坐下後，他們愈叫愈沒勁，喧鬧於是結束。

「實在很可惡耶。」愛波咬著牙說，憤怒地瞪著那些男生。

「別理他們。」西奧說：「如果你回嘴，事情只會更糟。」

又有更多學生走進餐廳，將背包放在桌上。

「警方接下來會怎麼做？」愛波問，聲音小得跟蚊子一樣。

「結束他們的調查。」西奧輕聲說，環顧四周。「在我櫃子裡找到的平板電腦上沒有指紋，他們猜想這個賊挺聰明的，本來說要採集櫃子裡的指紋，現在覺得那只是浪費時間。你知道，愛波，這是個小案子，警探有更重要的事情得擔心。」

「像是追捕彼得．達菲？」

「沒錯。還有毒品案和其他更嚴重的犯罪要調查，他們不會在這件竊盜案上花太多時間。這沒那麼嚴重。」

「除非你被起訴，別跟我說你不擔心背黑鍋。」

「我當然擔心啊，但我信任警方和法庭。你得相信這個制度，愛波，我是無辜的，我很清楚這一點。警方會找到真正的竊賊，到時候就沒我的事了。」

「就那麼簡單？」

「對，我是這麼想的。」

七年級那幫人跟在他後面，菲爾．杰科比大聲說：「嘿，大家注意啦，小心你們的背包喔。小偷西奧在這裡呢。」他的狐群狗黨哈哈大笑，繼續跟在後面走。其他學生怒視著西奧，還有幾個人把他們的背包挪得靠近些。

「噢，天啊。」西奧挫敗地說：「我猜我有個新綽號了。」

「可惡！」

西奧發現，要忍著不回嘴、咬緊牙根而且抬頭挺胸還眞是不容易。看來會是漫長的一天。

那場混戰在西奧關上置物櫃後幾分鐘爆發。這次找他麻煩的是另外一個大嘴巴，一個叫做巴斯特的小子，他是莫妮卡女士八年級導師班上的學生，他的置物櫃離西奧的不遠。巴斯特走在西奧後方，拉開嗓門說：「嘿，怎麼啦？囚犯？」這句話引起了一陣笑聲，但並不如巴斯特所期待的熱烈。他停下腳步，對西奧咧嘴笑。

巴斯特錯就錯在他不該在伍迪恰巧在他的置物櫃附近時開口。伍迪關上置物櫃，氣呼呼地轉身說：「閉嘴！」

學校裡沒人敢招惹伍迪，他的兩個哥哥是橄欖球隊隊員，而且熱愛空手道，以好鬥聞名。在伍迪家裡，肢體衝突是家常便飯，窗戶、家具經常遭殃，有時候是彼此的骨頭斷了。

因爲伍迪的年紀最小，從小就成爲練拳的對象或受氣包，能與自己身材相仿的對手打一場，他求之不得。他從來不是個惡霸，只是常常出拳很快，再加上偶爾威脅一下班上同學。

不過巴斯特的硬漢特質也是出了名，尤其在眾人圍觀時更不能退讓。「不要命令我該怎麼做！」他立刻回嘴，「我想叫西奧是囚犯，那就這麼叫他。」

伍迪已經朝巴斯特走去，此刻箭在弦上，一場戰火已無法避免。大廳內的學生們個個情緒激昂，他們知道這兩人就像即將決戰的殺手，誰都不可能讓步。

西奧在大廳四處張望，希望能找到蒙特老師或是其他老師，但在這個關鍵時刻，附近根本沒有大人。他說：「沒關係，伍迪，我沒關係。」

然而這對伍迪來說可是大有關係。他怒視著巴斯特說：「收回你說的話。」

巴斯特說：「不，謝了。如果有人偷東西，然後被逮了，我就會叫他囚犯，這是我的原則。」他仍然瞪大眼睛撂狠話；不過他的左眼很快就要閉上了。

伍迪猛地一記右鉤拳，漂亮地揮向巴斯特的臉。巴斯特也不遑多讓，結實地回了一拳，接著兩人死命地扭打成一團，在地上打滾。這所學校裡很少有人打架，這麼精彩的畫面當然不能錯過。他們立刻吸引了一票人圍觀，大廳盡頭有人大喊：「加油！加油！」伍迪和巴斯特滑過磁磚地板，像兩隻野貓一樣扭打著。

巴斯特有個跟班叫葛瑞夫，顯然他和其他人一樣清楚知道，只要一眨眼工夫，伍迪就會占上風，用拳頭好好伺候巴斯特的臉。所以葛瑞夫爲了保護朋友，愚蠢地加入這場混戰。他咆哮幾聲以提升士氣，隨即全速往伍迪後背衝去，西奧和其他同學被這一幕嚇得目瞪口呆。

學生只要打架，按規定要自動停學。學生手冊上說得很清楚，而每位老師也都一再強調暴力之惡。懲罰方式由葛萊德威爾校長親自決定，依情況而有其彈性。在操場上的推擠事件可能導致停學一天，外加自修室三小時；要是上演全武行，拳打嘴唇或是打到流鼻血，則可能導致停學三天、禁止課後活動，外加一個月的留校察看。

西奧並不擅長打架，最近一次的肢體衝突是在他四年級的時候，那時他和華特．諾立斯在市立泳池畔進行了一場熱血沸騰的摔角。然而當他杵在那裡、眼睜睜看著戰火爆發時，忽然有股要加入戰鬥的衝動，畢竟他的好友伍迪是爲了維護他的名譽才揮拳的。至少他能幫上忙。或許停學不是世界末日，他爸媽可能會大發雷霆，但他們終究會冷靜下來。他媽媽昨晚是怎麼說的？「首要之務是反擊。採取攻勢。當你知道自己是對的時候，絕對不要退卻。」

艾克會以他爲榮。

有些時候，男子漢不得不戰鬥。

西奧扔下背包，發出一聲連自己也不甚了解的吼叫，加入這場肉搏戰。

第12章

桌子一側坐著巴斯特和葛瑞夫，而另一側坐著伍迪和西奧，敵對雙方之間箭拔弩張的氣氛漸趨和緩，取而代之的是眼前的現實。巴斯特以冰袋敷著臉頰一側，他的左眼已經腫得完全睜不開，看起來糟透了。儘管伍迪引以爲傲，他還是不動聲色，眼看停學處分與父母的怒火即將來臨，得意的笑容在這場合恐怕不適合。葛瑞夫看起來毫髮無傷，伍迪也沒事。西奧的上嘴唇腫了起來，帶著血漬，他用面紙擦拭了一下。混戰時他被壓在最底下遭巴斯特或葛瑞夫踢了一腳，拜他們所賜，現在他覺得頭部隱隱作痛，但他並未提及此事。

蒙特老師坐在桌子的另一端，瞪著這些小伙子看。他剛才憤怒得將他們分開，押進圖書館的小自習室，好讓血氣方剛的小子們冷靜一下。隨著時間一分一秒過去，這幾個男孩的情緒逐漸穩定，呼吸緩和，心跳也恢復了平時速度；沒有什麼比打架更能讓脈搏加快、熱血沸騰了。

「發生什麼事？」蒙特老師終於開口問。

四個男孩全都盯著桌面，不發一語。大家都保持安靜。

「這難道跟昨天西奧被捕的謠言有關係？」蒙特老師問，直視著西奧。西奧則仍然盯著桌面看。

蒙特老師知道伍迪很衝動，而且巴斯特愛找麻煩，他也知道葛瑞夫像隻小狗般跟著巴斯特團團轉，但他難以置信的是，西奧．布恩竟然會挑起衝突，或是加入混戰。不過蒙特老師也曾年輕過，他知道男孩之間是怎麼回事，他猜想是巴斯特和葛瑞夫先找西奧麻煩，然後伍迪爲朋友挺身而出。

門外傳來聲音，蒙特老師說：「應該是葛萊德威爾校長來了，我並不想與你們易地而處。」他說完便起身離開房間。門一關上，伍迪立刻大吼說：「誰也不准打小報告，懂嗎？我說眞的，不准打小報告，半個字也不能說。」

他這些話才剛說完，門就砰地敞開，葛萊德威爾校長怒氣沖沖地衝進來，只消一眼，男孩們就知道自己死定了。

她一邊瞪著他們，一邊在桌子另一端緩緩拉出椅子坐下。蒙特老師隨後走進房裡，關上門，然後靠牆站著，他是以證人身分出席的。

「你還好嗎，巴斯特？」她問，聲音不帶絲毫同情。

巴斯特微微點頭。

「那西奧呢？你嘴唇上的是血跡嗎？」

西奧微微點頭。

她挺直身子，眉頭皺得更深了，然後開始審問：「好，我要知道發生了什麼事。」所有男孩文風不動，七隻眼睛（巴斯特此時只有一隻眼睛可用）死命盯著桌面，彷彿上頭有什麼有趣但隱形的東西。好幾秒過去了，仍然是一陣靜默。校長的臉愈來愈紅，表情愈來愈嚴厲。

「打架是非常嚴重的過失。」她開始訓話，「我們無法容許學校發生這種事，你們打從五年級入學以來就很清楚校規。打架就要接受自動停學處分，而且會登記在你的個人檔案中，成爲永久紀錄。」

其實不盡然，西奧對自己說。當然，這或許會成爲永久紀錄，但也僅僅是在這所中學，沒有一所大學或法律學校或潛在雇主會知道你在八年級時曾因打架而被停學。

「西奧。」她厲聲說：「我要知道事情的經過。看著我，西奧。」

西奧慢吞吞地轉頭，望著校長那張駭人的臉。「告訴我發生了什麼事。」她逼問著。西奧無法一直與校長四目交接，於是他盯著牆上的某個地方，咬緊牙關不說話。

他們四個人當中，西奧是領導者，葛瑞夫跟隨，而伍迪和巴斯特則通常集體行動。如果西奧能閉緊嘴巴，那麼其他幾個人也會照做。這是葛萊德威爾校長犯下的第一個錯誤。

若想偵破一樁涉及多位被告的案子，應該採取的辦法就是各個擊破。假如主導的是西奧，就會先把葛瑞夫和幾位面貌猙獰的大人關進一個小房間，包括主任、教練這些有勢力和權力的人。他們會告訴葛瑞夫，其他三個男孩都招了，而且異口同聲說是他的錯。「葛瑞夫，巴斯特說你出言侮辱西奧。」然後說：「葛瑞夫，他們說你是第一個揮拳的。」諸如此類。葛瑞夫一開始不會相信這些說辭，但只要砲轟一陣子，他就會屈服了。一旦他鬆口，他們就會告訴他，他說的和其他三個人說的不一致；所以很明顯葛瑞夫在說謊。說謊只會惹來更多麻煩；說謊，再加上打架，會延長他的停學與留校察看時間。葛瑞夫聽了就會拚命證明自己的版本正確無誤。只要將相同策略分別運用在四個男孩身上，他們就會說個不停，而有關這場打鬥的眞相便會豁然開朗。

當然這個辦法需要權威的一方玩點不誠實的小把戲，不過這種策略並不違法。另一方面，葛萊德威爾校長的做法誠實無欺，但她無法從男孩們的口中得知實情。西奧很慶幸校長並不了解基本的警方訊問策略。

西奧不發一語，再度將視線轉移到桌面。他不願意鬆口，拒絕打小報告，這表示其他三人也要站在同一陣線。

校長繼續問：「巴斯特，你的眼睛是誰弄的？」

巴斯特移開冰袋，放在桌上。冰敷開始發揮效用，他的眼睛已經略爲消腫。他幾乎要說：「我不知道。」但他及時忍住了。他當然知道是誰，這個時候說謊沒有好處，像西奧一樣閉緊嘴巴、度過難關就好。

校長等了半天沒有回應。房間裡氣氛沉重，充滿風雨欲來的緊張感。四個男孩都不曾遭受停學處分，只有伍迪和巴斯特留校察看過幾次。

葛萊德威爾校長在今天清晨得知網路上流傳著西奧因行竊被捕、即將出庭受審的謠言，她也看了GashMail上的照片。本來打算找時間和西奧談一談，提供她的精神支持，現在卻得做出西奧與其他三人的停學處分，這讓她感到相當不悅。

她最後說：「我懷疑是巴斯特或葛瑞夫先說西奧惹上麻煩、可能會被捕之類的話。而既然伍迪和西奧是同學又是好朋友，我猜伍迪出面制止，因而發生衝突。是這樣嗎，葛瑞夫？」

葛瑞夫幾乎跳起來，彷彿被賞了一巴掌，不過他很快恢復鎮定，不發一語，繼續保持沉默。他瞇著眼睛，咬緊牙根，不回應校長的問題。

她等了又等，突然恢復平常的神情。既然這些孩子都在玩遊戲，那麼她就來奉陪吧。「巴斯特？」

巴斯特緊張地用手指彈著桌面，卻什麼也沒說。

「同學們，我們可以整個早上都在這裡耗著喔。」她說。

校長身後的蒙特老師忍住微笑，他私底下認爲這些男孩很棒，他們互相保護對方，一同面對懲罰。

「蒙特老師，你可以帶巴斯特、葛瑞夫和伍迪出去一下嗎？」她說：「我想和西奧單獨談談。」他們三人不發一語地跟了出去，當門關上後，西奧覺得自己處於完全孤立狀態。

「看著我，西奧。」她輕聲說。西奧轉頭，看著校長的眼睛。

「我知道你這週過得很糟。」她說：「你覺得自己像個受害者。警方懷疑你，有人想讓你背黑鍋，還跟蹤你、欺負你，你的臉在網路上隨處可見，你和你父母離開警局的那張照片四處流傳，還加上不實的圖說，謠言散播已經失控。這些我都了解，西奧，我站在你這邊，希望你明白。」

西奧勉強微微點頭。

「而且我很確定，這場衝突不是你起的頭，告訴我事情的始末，好嗎？」

「我跟人打架了。」西奧說。

「西奧，是你先動手的嗎？」

「我跟人打架，違反了學校規定。」他很想轉頭望向別處，卻硬是讓自己看著校長。她非常失望，甚至有點受傷。西奧感覺糟透了，他一直把校長當做朋友，一個盟友，一個願意幫助他的權威人士，而他卻無法配合她。

氣氛相當緊繃，一陣冗長的靜默之後，校長說：「所以你不打算告訴我發生了什麼事？」

西奧搖搖頭，這下頭更痛了。

隨之而來的是個殘酷的問題：「如果我打電話給你爸媽，告訴他們你因爲打架而被停學，他們會怎麼想？」

「我不知道。」西奧好不容易吐出幾個字，光是用想的就很嚇人。面對他父母比被拳打腳踢還要慘，一想到他們的眼神，他的身上彷彿被人捅了一刀。

「好吧，請你離開房間。」

西奧很快地從椅子上跳起，離開房間。他一看到門外其他三個人，立即以食指比嘴巴示意。嘴巴的拉鍊拉上了，我沒打小報告，你們也別那麼做。

下一個是巴斯特，他走回小房間，站在桌邊，彷彿即將被行刑。

「你說了什麼西奧惹麻煩的話嗎？」校長問。

沒有回應。

「你嘲笑他或騷擾他了嗎？」

沒有回應。

「你的臉是伍迪打的嗎？」

沒有回應。

「還是西奧打的？」

一點回應也沒有。

「那請你出去，幫我叫伍迪進來。」她說。

巴斯特步出房門，看到其他三個，也用食指比著嘴巴。誰都不要打小報告。

伍迪接受葛萊德威爾校長審問時，西奧、葛瑞夫和巴斯特一起坐在木頭長椅上，蒙特老師在一旁監視，對這些男孩感到很同情。他們都是好孩子，停學處分一點好處也沒有。話雖如此，規定就是規定。

四人當中，伍迪是最能承受壓力、口風最緊的，他拒絕回答校長的任何問題。校長問到揮拳打巴斯特的人是不是他，他這樣回答：「我只說姓名、年級和學號。」

「很有幽默感，伍迪，你覺得這是遊戲嗎？」

「不是。」

「是你先動手的嗎？」

「我拒絕讓自己入罪。」他回答。

「出去。」

最弱的一環是葛瑞夫，連他也拒絕透露實情，當他平安度過與校長之間的「你問我不答」後，校長將四人召回房間。她說：「很好，你們四個人即將因打架而停學一天，因爲你們不肯合作，再加一天。今天是星期四，停學處分從今天開始，明天結束。你們要到星期一才能回到班上，接著是三十天的留校察看，這段期間內，凡有任何違規行爲，立刻停學一週。」

兩天不上課對西奧來說不算什麼，但一想到要面對爸媽，他就覺得很痛苦。他想過先打電話給艾克，因爲艾克一定能理解，可能還會誇獎他立場堅定。或許由艾克告知爸媽這件事能減少衝擊。正當西奧思索這件事的時候，葛萊德威爾校長說：「我會打電話給你父母。」

停學處分的程序很複雜，他們花了一小時才跑完流程，並塡好表格。男孩們待在房裡，坐在桌邊面面相覷，而蒙特老師也在桌子另一端無聊地坐著，他出去拿咖啡時，巴斯特說：「西奧，對不起。」

「沒關係。」西奧說。

伍迪並未道歉。

伍迪和巴斯特的父母都在工作，因此白天時間沒人在家。葛萊德威爾校長表示，他們將接受「留校停學」處分，從早上八點四十分開始，必須待在不同的自習室，直到下午三點半學校課程結束爲止。除了額外的作業，他們不能從事任何其他活動，不能使用手機、筆記型電腦，除了教科書，其他什麼東西都沒有。他們必須單獨在各自的課桌上用餐。老式的停學方式是把你踢出校園，但這似乎比那樣更糟。葛瑞夫的媽媽是家庭主婦，所以他可以待在家裡，或許還能睡晚一點、看電視、和小狗玩，做任何他想做的事，當然，除非他父母氣到決定加重懲罰。西奧也有地方可去，那就是布恩&布恩法律事務所辦公室。

由於他媽媽在法庭，所以是爸爸去學校接他。他們開車離去時，西奧說：「我的腳踏車怎麼辦？」

「之後再過來牽。」他爸爸回答。到目前爲止，他顯得異常冷靜與鎮定，至少表面看來是如此。

經過一、兩條街後，他爸爸問：「怎麼回事？」

「這是只有我們兩人之間的祕密，對吧？」

「怎麼回事，西奧！」他爸爸爆發了。

「你不會告訴葛萊德威爾校長吧？我不能出賣其他人。」

「不，告訴我是怎麼回事。」

西奧全盤托出，所有細節像瀑布般傾洩而出。終於能說出實情，他感到如釋重負。當他說完所有事情時，車子已經停在事務所後方的停車場。「爸，你生我的氣嗎？」西奧問。

「你明明知道規定，卻打破規定。」布恩先生厲聲地說。

「是沒錯，但那個時候我別無選擇。」

布恩先生將引擎熄火，然後說：「我也這麼想。」

第13章

西奧坐在漆黑的辦公室，沒有開燈，沒拉開窗簾，只有他和法官在黑暗中思考接下來會發生什麼事。幾個小時後，媽媽從法院回來，她和爸爸在上鎖的門後密談，進行某個只有困擾的父母才會談論的話題，然後他會像個重罪犯一般被拖去面對可怕的後果。他不只被訓斥一番，媽媽還會放聲大哭。停學處分！他怎麼能做出這樣的事？一連串的問號與驚嘆號，他光是用想的都覺得很厭煩了。

他爸爸最初的反應倒還讓人安心。沒有戲劇化的場面，雖然伍茲·布恩原本就不是走那個路線；沒有大聲吼叫，雖然他隨和的性格原本就不適合吼叫；沒有恫嚇或沒有額外的處罰，雖然西奧知道他的父母總是會先商量後再判刑。

幾個小時前，西奧作夢都沒想過自己會遭停學。他從沒想過這種事，現在仔細思考這起事件，他問自己這樣做是否值得。他不認爲自己是會打破規定的人，也不喜歡讓葛萊德威爾校長與蒙特老師失望。他不知道爸媽是否會覺得很丟臉，這個想法深深困擾著他。而老實說，暴力行爲眞的一點樂趣也沒有，發狂似的肉搏戰中，四個人都拳打腳踢、互相拉扯與咒罵，周圍學生有的嚇得目瞪口呆，有的大聲叫好。

換個角度想，他在朋友被兩個人圍攻時出面救援，這表示他講義氣，他從圍觀者的眼裡就看到了仰慕之情，包括他的同學和朋友。他，西奧・布恩，受人誣陷，爲了捍衛自己的名譽、也爲了保護友人而採取攻擊行動。

多棒的朋友啊！回想發生的事，西奧忍不住微笑。伍迪爲他出面主持公道、叫巴斯特閉嘴的速度與無畏的態度，讓他印象深刻；而且他有預感，伍迪不會就此罷手，他極有可能在校外等待機會，讓巴斯特的另外一隻眼睛也閉上。西奧期盼自己的打鬥生涯已經結束，但倘若還有第二回合，他希望伍迪就在身邊。

傳來輕輕的敲門聲。「請進。」西奧說。

是艾莎，她紅著眼睛，臉上還帶著淚水。她啪地打開燈，俯身擁抱西奧。「西奧，我眞替你難過。」

「沒事的，我沒事。」他說。這是他最不喜歡的橋段，那些愛他的人演出誇張的戲碼，但他還是勉強接受擁抱。「我沒事，只是小事好嗎？」他說，開始覺得有點惱怒。

艾莎站起身，以面紙拭淚。「我眞不敢相信，你是世界上最乖的孩子。」

「或許我不是，只是前五名。艾莎，聽我說，我沒事的。」

「是誰攻擊你？」

「沒有人，只是一場愚蠢的打鬥，好不好？沒什麼了不起的。」她以面紙輕拍臉頰，逐漸領悟她的同情用錯了地方。「我還是愛你，西奧。」她說，彷彿這孩子已經殺了人似的。

「我沒事的，艾莎，沒事。」現在你可以離開了嗎？

她離開之後，西奧把燈關了，他和法官回到黑暗中繼續思考，其實這樣還滿享受的。五分鐘後又傳來敲門聲，他應了一聲，門緩緩打開了，是陶樂絲，他爸爸的房地產祕書，她跨進房門，打開燈說：「西奧，你還好嗎？」

「嗯。」他簡短地回答。那一瞬間，他很怕陶樂絲也會衝過來給他一個尷尬的擁抱，好像他很需要這一類的支持。

「我不敢相信，學校為什麼會給你停學處分？」

「因為我跟人打架，而打架違反學校規定，就是這麼簡單。」

「噢，西奧，但那一定不是你的錯。」

西奧搖搖頭，望向窗外。他究竟要被逼著解釋多少次啊？「誰的錯並不重要，打架就是打架。」

一陣尷尬的沉默之後，她說：「這樣吧，如果你需要說話的對象，我就在樓下。」

「謝謝你。」喔，當然囉，我會把我的煩惱一股腦地全告訴一個大人，而且這人的年紀還足以當我媽。

她離開後，西奧再度關燈。手機傳出簡訊提示音，是愛波傳來的。

愛波：剛才聽說了，還好嗎？

西奧：嗯，在辦公室，不用上課，真讚。

愛波：你爸媽呢？

西奧：我媽在法庭，我爸沒有很生氣。

愛波：你打了誰？

西奧：不確定，七手八腳的。

愛波：受傷了？流血了？

西奧突然希望自己有更多可以炫耀的傷口，不過他一向都會說得誇張點。他回傳訊息：

西奧：嘴唇腫了，見血。

愛波：讚！我什麼時候可以看？

西奧：晚點再說，你現在要上課。

他繼續思考。五分鐘後傳來了敲門聲，他還沒來得及回應，門就開了，文森走進來、開了燈。這下子，整個布恩&布恩法律事務所全員到齊，每個人都來慰問過了，當然，除了瑪伽拉．布恩，她也隨時會到。

文森擔任瑪伽拉的法律助理已經很多年，爲她的離婚案件做些吃力不討好的工作。他在外面奔波的時間很長，忙著調查客戶、監視客戶的老公、努力挖掘事情眞相。西奧多年前就知道離婚案的客戶時常對自己的律師說謊，而文森負責查證他們所說的話。他的年紀大約三十五歲，單身，人很好，可是工作很辛苦。

艾莎哭著走進房間，陶樂絲則看起來快要崩潰，但文森就不一樣了。他倚著門，面帶微笑。「做得好，西奧。你海扁那個傢伙啦？」

西奧終於微笑了，他明白這個故事大概得說上一百次，那何不說得精彩一點？「那當然。」他說。

「好小子！聽著，西奧，你學到了寶貴的一課，有些時候就是得爲自己出一口氣，不論是在什麼情況下。」

「我那時候沒有讓步的餘地。」西奧說。

「停學沒什麼了不起，只要不變成習慣就沒事，我六年級時也有過一次。」

「眞的假的？」

「句句屬實。我在諾徹斯特長大，那裡的小孩都是走路上學。有個惡霸叫做傑瑞・布拉特，他是個狠角色，老是跟我過不去。每個星期大概都會有一次，他會在上課鐘響前在操場逮住我，把我推倒、再踹幾腳，然後搶走我的便當，他會拿走好料，薯片、蛋糕點心、火腿三明治什麼的，只留給我蘋果和紅蘿蔔。第二天，他會攻擊我的某個好朋友，做一樣的事。我猜傑瑞一直處於飢餓狀態；總之，他讓我們的生活很悲慘，那時候我哥已經上中學了，他說惡霸其實都是膽小鬼，如果不反擊，事情只會變得更糟糕。我哥告訴我該怎麼做。我先把午餐藏進背包，然後在午餐盒裡裝滿石頭，第二天我在操場上看到傑瑞，就直接走向他，他正要揮拳揍我，我突然用午餐盒朝著他的臉揮過去，狠狠給了他一記。有多狠呢，他的顴骨裂了，尖叫著倒下，然後我又朝他的頭揍了好幾下。那時候已經有許多人圍觀，後來某個老師飛奔過來，他們送他去醫院，縫合傷口；一共縫了十八針，其中十針在顴骨上。每個人都對我鬼叫，我爸趕來學校接我，我向他解釋這個狀況，而他接受了。我媽哭了，不過當媽媽的都是那樣。不管怎樣，傑瑞從此不敢再惹我了。」

「這太讚了。那你停學多久？」

「一個禮拜。有一陣子我被當成英雄看待，但過了一會，我開始覺得很糟。傑瑞・布拉特是很欠揍沒錯，可是他的臉從此帶著疤痕。那是我最後一次打架，西奧，我鼓起勇氣對抗惡霸，卻用了武器，我應該只用拳頭解決就好，直到現在還是覺得那樣很糟。」

「後來傑瑞怎麼了？」

「他輟學了，後來進了監牢，他的人生沒有出現什麼轉機。不管怎樣，你這麼做是對的，所以別花太多時間煩惱。」

「我不想要被我媽吼。」

「她不會的。我很了解那個女人，西奧。」

他離開之後，西奧睡著了，而法官去找東西吃。

他們在午餐時間聚在會議室裡。西奧坐在氣派長桌的一端，而爸媽分別坐在兩旁，雖然他面前擺著雞肉沙拉三明治，現在卻一點食慾也沒有。

媽媽的臉上沒有笑容，但也不至於對他吼叫。很明顯地，布恩夫婦私底下已經開會討論過兒子的事以及他的停學處分，所以布恩太太看起來很鎮定。

「西奧，如果再發生一次，你的做法會有什麼不同嗎？」她語氣平靜地問，一邊啜飲著冰紅茶。

西奧咬了一口生菜，思考這個問題，他覺得很有意思。「這個嘛，我不確定耶，媽。我沒辦法防範這場打鬥，因爲發生得太快了，而且我也沒辦法調停，因爲伍迪和巴斯特都是玩眞的。葛瑞夫撲到伍迪身上時，我覺得我別無選擇，伍迪爲我挺身而出，我至少應該幫他。」

「所以你會做出同樣的選擇？」

「我想是的。」

「那代表你從這個小插曲裡什麼也沒學到？」

「我學到我不喜歡打架，臉被揍或頭被踢一點都不愉快，有些傢伙喜歡打架，但那絕對不是我。」

「或許這是個寶貴的教訓。」布恩先生附和，咬了一口三明治。

當布恩太太似乎正要開始訓話時，艾莎輕輕敲了門，她開門說：「抱歉打擾了，有警察來訪。」

「來做什麼？」布恩先生問。西奧很想躲到桌子底下。

「他們想跟西奧談談，當然還有西奧的父母。」

漢姆頓與佛蒙警探再度來訪，午餐因此中斷，他們倆坐在長桌的一側，將一個白色大信封放在桌上。布恩一家調整位置，坐到另一側。

「很抱歉打擾你們用餐。」漢姆頓說：「我們原本是想來跟布恩先生、布恩太太聊聊，後來得知西奧也在這裡。停學處分是吧？」

「一點也沒錯。」布恩太太語氣尖銳，她明顯被惹毛了。

「停學的原因是什麼？」

「要是這件事與您有關，我會很樂意回答。」

這才不關他們的事，漢姆頓滿臉通紅，他的搭檔看了他一眼，露出受挫的表情。把他們撂倒，媽，西奧在心裡叫著。現在他左右各有一名律師，感覺很安全，不過他還是很緊張，他把手放在大腿下，以避免顫抖。

「我確信兩位來訪必定有個好理由。」布恩先生說。

佛蒙傾身向前，說：「其實是這樣的，我們想問西奧關於星期一從他置物櫃裡消失的棒球帽的事情。西奧，你能形容一下那頂帽子嗎？」

西奧抬頭看著媽媽，再看看爸爸，他們兩人都點頭。說吧，回答這個問題。「那是一頂海軍藍的帽子，紅色的帽舌，有帶子可調整，正前方中央有個雙城隊的標誌。」

「知道是哪家公司做的帽子嗎？」佛蒙問。

「耐吉。」

「帽子上有什麼可以辨識的標記嗎？」

「我名字的縮寫，在帽舌下方。」

「你用什麼筆寫的？」

「黑色麥克筆。」

佛蒙緩緩打開信封，拿出一頂帽子，將它滑向坐在對面的西奧。「這是你的帽子嗎？」

西奧拿起帽子，快速審視一番，然後說：「是的，警官。」

「你在哪裡找到的？」布恩太太問。

「在電腦用品店，大麥克的店裡。每週三晚上，清潔人員會在打烊之後過去，昨晚他們打掃時，有人從櫃檯下方掃出這頂帽子。小偷在星期二晚上九點左右闖入，一陣瘋狂掠奪之後匆匆逃離，留下了他的帽子。」

西奧盯著帽子看，覺得好想哭。他最喜愛的帽子被用來當做對他不利的證物，這實在太不公平了。證據愈來愈多，不知爲何，他彷彿能聽到巴斯特充滿惡意的聲音：「囚犯、囚犯。」一時間，他的父母似乎無法言語，西奧也說不出話來。警探們盯著他們，露出猙獰、滿意的神色，彷彿在說：「被逮到了吧，看你這下要怎麼狡辯。」

最後，布恩太太清清喉嚨說：「看來這個小偷非常聰明，他的犯罪計畫縝密，企圖陷害西奧。星期一他偷了這頂帽子，接著將它留在犯案現場，星期三又再把部分贓物放到西奧的置物櫃裡。」

「那是一種假設。」佛蒙說：「而你有可能是對的。但我們正在考慮另一種可能性，那就是西奧在星期二晚上戴著那頂帽子，在九點左右闖進店裡，或許就是爲了遮住他的臉，我們知道他那個時候的確在那一區，這點他本人也承認了，然後匆匆拿走幾台平板電腦、筆記型電腦和手機，卻留下了這頂帽子。理所當然地，星期三那天我們就在他的置物櫃裡找到部分

贓物。」

「想無視西奧的嫌疑恐怕有點困難。」漢姆頓補充說。

「非常難。」佛蒙贊同，「事實上大部分的案子裡，很少有這麼多證據同時指向一人。」

接著輪到漢姆頓。「我們覺得奇怪的是，星期一有人入侵了你的置物櫃，爲什麼你沒提出報告？置物櫃失竊案在學校是很罕見的，你竟然沒報告，而且也提不出什麼好理由。」

佛蒙說：「有可能星期一根本沒有東西失竊，星期三被查出櫃子裡有贓物時，你才說是別人把東西放在那裡。爲了讓整件事聽起來更可信，你便再加油添醋地說兩天前有人入侵你的櫃子。」

漢姆頓說：「但是毫無紀錄。沒有證據。」

佛蒙說：「學校裡沒有人看到這名神祕的小偷，很難相信八十名八年級學生、十幾位老師加上工友和助理全部沒看到。再說，地點是人來人往的大廳，就更難相信了。」

漢姆頓說：「一整個難以置信啊，如果你問我的話。」

這兩人一來一往地唱雙簧讓西奧覺得很反感。他閉上眼睛、咬緊牙根，告訴自己別哭。

「你不相信我兒子？」布恩太太問。西奧心想，這也太明顯了，他們就是不信啊。

「這麼說吧，我們還在調查。」佛蒙回答。

「你們檢查過帽子上的指紋了嗎？」布恩先生問。

「檢查過了，要從布料上採集指紋很困難，所以這條路行不通。鑑識科的人很肯定上面沒有指紋，看來小偷戴了手套，而且作風謹慎；平板電腦、帽子、犯罪現場都查不到指紋。」

「你們打算起訴西奧嗎？」布恩太太問。

「我們還沒做決定。」漢姆頓說：「不過可以說我們正朝那個方向前進。」

布恩一家人努力消化這個消息，沒有人說話。布恩先生呼出一大口氣，望著天花板，布恩太太在她的筆記本上潦草地書寫，西奧還在和眼淚搏鬥。他知道自己是無辜的，而且他說的都是事實，但警方不相信他，他想知道他的爸媽是否相信他。

佛蒙打破沉默，爆出更多壞消息。「我們想搜查你們家。」他說。

布恩夫婦瞠目結舌。「為什麼？」布恩先生質問。

「為了找證據。」佛蒙回答，「找出其餘的贓物。」

「你不能待我們像罪犯一樣。」布恩太太憤怒地說：「這簡直不可理喻。」

「我們不同意。」布恩先生說。

「我們不需要你們同意。」佛蒙奸笑，「我們有搜索狀。」他從外套口袋拿出幾張摺疊的紙，把它們滑過桌面。布恩太太調整眼鏡的位置，開始閱讀那兩份文件，讀完之後遞給她先生。西奧用手背擦去一滴眼淚。

第14章

接下來半個小時，他們都在討論細節，不停地討價還價。氣氛很緊綳，西奧的父母與警方之間的火藥味很重。最後終於達成協議，布恩一家會在下午五點到家，屆時兩名警探與其他警員才能進行搜索。

西奧用盡全力只吐出這句話：「你們在浪費時間，那裡什麼也沒有。」然後爸爸媽媽都叫他安靜。

漢姆頓和佛蒙離開後，西奧終於能好好說話，他向父母一再保證，他絕對沒有涉及不法，警方的搜索只是浪費時間而已。事情急轉直下，他們三人都很震驚。西奧從沒看過爸媽如此困惑，甚至是飽受驚嚇。他們決定要詢問某位刑事律師朋友的意見，於是布恩太太離開會議室去打電話聯繫。

下午兩點，布恩先生載西奧回到學校，他們和葛萊德威爾校長碰面。西奧爲打架的事情道歉，布恩先生說他和太太都能理解並接受西奧的停學處分，當然，他們感到很失望，但支持校長的決定。後來西奧去牽他的腳踏車，兩個輪胎都安然無恙，於是將車子騎回事務所。

他的父母正忙著見客戶和一些緊急的法律事務，辦公室大門緊閉，他們似乎已經忘了西奧。艾莎、文森和陶樂絲也埋首於成堆的文件，那些事顯然比和一個十三歲小鬼聊天要有趣得多。也或許是西奧過於敏感，最後他和法官撤退到他的辦公室，本來想勤奮地做功課，卻一事無成。他全副心思都在史派克．哈科身上，那個男生住在下一條街，九年級時因販賣毒品被捕，被送到約三百公里遠的少年拘留中心服刑，度過非常不愉快的十八個月。雖然西奧不認識史派克，也沒跟他說過話，對他的牢獄生活倒是聽說了不少。幫派、鬥毆、殘酷的警衛，一長串駭人的字眼，史派克並沒有洗心革面，最後還是回到街頭。他受審時西奧在場，因爲犯下多起罪行，十七歲的他於是被當做成年人判刑二十年的有期徒刑。他在法庭宣示作證、乞求憐憫，並且把他惹的麻煩歸因於少年拘留中心的各種惡劣情況。

史派克是鐵錚錚的街頭混混，但西奧不是。西奧是家庭背景良好的乖小孩，是童軍，還有一堆朋友，如果被抓去跟幫派份子和那些狠角色關在一起，與他爸媽、朋友們和法官分開，要他怎麼活下去？他被恐懼淹沒，無法思考別的事情。西奧躺在法官的小窩裡，然後很幸運地，在他的小狗旁邊睡著了。

手機鈴聲將他吵醒了，是愛波。「西奧，你在哪裡？」她緊張地問。

「在辦公室。」他站了起來。「發生什麼事？」

「我跟我媽和佩突尼雅阿姨在動物法庭，我們需要你的幫忙。」

「我想我現在應該不能到處走動。」

「拜託，西奧，我們眞的很怕，需要你來一趟，不會花太多時間的。」

「我可沒說要幫那位女士喔。」

「我知道，西奧，我知道。但是她眞的很難過，需要朋友的幫忙。西奧，拜託啦，她請不起眞正的律師，而且她已經哭了一個鐘頭了，拜託。」

西奧想了一秒，沒有人明確命令他待在辦公室裡，每個人都超級忙碌，大概也沒空想念他。「好吧。」他說，然後闔上手機。

「法官，你待在這。」他緩緩從後門離開，再跑到前門，悄悄把車子從前廊牽走。十分鐘後，他已經在法院前方的腳踏車架停車。

佩突尼雅女士住在斯托騰堡邊陲地帶，她在小屋後方院子裡種了花卉與草本植物，從三月到十月的每個星期六早晨，她都會拖著一車的盆栽到鎮上的「農人市集」兜售，地點就在河畔的里維公園裡。除了她還有十幾位農夫、園丁、花農、漁夫、酪農、小吃攤販和其他小販，他們在各自的攤位上展示貨品，那塊地雖然不大，卻仔細規畫成幾個整齊的小攤。因爲佩突尼雅女士在那裡販售花草的歷史悠久，她的位置可能是最好的，就位在市集入口處。她隔壁是梅·芬摩的攤子，也就是愛波那個古怪的媽媽，她在那裡賣羊乳酪。佩突尼雅女士也是挺怪異的，於是多年下來，兩人很自然成爲好朋友。

農人市集在斯托騰堡非常受歡迎，在陽光普照的星期六早晨，鎮上一半的人都會湧入市集，只要是吃的東西，在那裡都能找得到。克莉斯皮諾的墨西哥薄餅小屋是大家的最愛，早上十點半，已經出現長長的人龍。瑪莎．盧的「聞名世界」薑汁餅乾以秤重計價，也總是吸引了大批人潮。其中很多攤販的年度營收都是仰賴這個市集，想在這裡做生意的候補名單就有一長串。

由於布恩太太幾乎不開伙，所以這個市集對他們家沒什麼吸引力。西奧和他爸爸每週六都去打十八洞高爾夫球，早上九點開球，下午一點吃午餐，對西奧來說，這件事比買番茄和素食漢堡要重要得多。

佩突尼雅女士因爲她心愛的駱馬露西而惹上麻煩。前一天的午餐時間，愛波曾對西奧提過這件事，不過他當時因爲自己的事已經夠傷腦筋了，沒心思理會佩突尼雅女士的煩惱。在愛波的請求下，他稍微研究了相關的法令規定，然後將資料轉給愛波，他本來以爲這件事已經結束了。

西奧確信自己現在相當引人注目，還是全鎮的八卦重點人物，在法院裡尤其顯眼，所以他決定從側門進入，匆匆忙忙走下一道後方的樓梯。動物法庭在地下室，對最低階的法庭來說，是個滿合適的位置。眞正的律師都會盡量迴避這裡。想申訴的人在此可以擔任自己的律師，這也是吸引西奧的地方，至少在平時他會很樂意來這裡。然而，今天西奧對出庭並不感興趣。

「法庭」意謂著一個應該迴避的地方，他生平第一次這麼想。

他打開門，走進動物法庭。這個法庭的中央走道滿是塵埃，兩旁排列著許多折疊椅。西奧往右邊一望，看到愛波、她媽媽和另一個人，他猜想那就是佩突尼雅女士；她把頭髮染成紫色，戴著老太太用的那種亮橘圓框眼鏡，愛波把她形容得「比我媽還怪」。

西奧坐下來，開始與這幾位女士耳語。

葉克法官不在法官席上，還有幾個人在走道的另一側等待。其中一個是霸克．波藍德，他比較爲人熟知的名字是「霸克．唬爛的」，他穿著他標準的深棕色緊身制服，「全能保全公司」出品。霸克不管走到哪裡、不管是否在執勤，都一定穿著這身制服，上週一早上他攔住正穿過他家後院的西奧時也是穿這套，當時他抓住西奧的腳踏車並出言恐嚇。稍早之前，他曾對西奧丟石頭，而現在霸克隔著走道憤怒地瞪著西奧，一副想掐死他的模樣。

葉克法官有個老骨董的書記官坐在角落的一張桌子，此刻正忙著玩填字遊戲以保持清醒。幾分鐘過後，葉克法官從法官席後方的門走出來，說：「請坐下。」其實沒人打算站起來。動物法庭又名「貓咪法庭」，繁文縟節在這裡派不上用場。法官維持他的一貫裝束：牛仔褲、戰鬥靴、老舊的運動外套、不打領帶，以一貫的輕蔑態度做這份工作；他曾任職於法律事務所卻沒能保住工作，又因爲沒人想當動物法庭的法官，所以就輪到他了。

「唷。」他微笑地說：「我們的布恩先生又來了。」

西奧起身說：「哈囉，法官，我總是很高興見到你。」

「我也是。你的客戶是哪位？」

「佩突尼雅．普蘭柯摩女士，她是動物的主人。」

葉克法官看著手上的資料，然後看著霸克．唬爛的。「那誰是波藍德先生？」

「是我。」霸克說。

「很好。現在雙方走向前來，我們試著把事情解決。」西奧知道這些例行公事，他和佩突尼雅女士穿越柵欄的小門，在一張靠近法官的桌子旁坐下，霸克跟著他們過來，選了一個離法官最遠的位置。他們坐定後，葉克法官說：「波藍德先生，你對佩突尼雅女士提出控訴，就由你先開始，請坐著告訴我們事情發生的經過。」

霸克緊張得左顧右盼，然後一鼓作氣地說：「這個嘛，法官，我在『全能保全』工作，我們和『農人市集』有簽約。」

「你爲什麼帶著槍？」法官問。

「我是警衛啊。」

「我不在乎。」

「而且我有執照。」

「我不在乎。我不允許我的法庭內出現槍枝，請你移除。」

霸克抓著手槍皮套，從腰帶上取下，將皮套與槍枝放在桌上。

「拿到這裡來。」葉克法官說，指著自己的法官席。霸克笨拙地走向前，把槍放在法官指定的地方。那是一把很大的手槍。

「現在請繼續。」法官等霸克返回位置之後說。

「所以就是說，保障『農人市集』的安全是我的職責，我和法蘭奇兩人分別負責市集的前門和西側已經好幾個月了。佩突尼雅女士的攤位在前門入口處附近，她在那邊賣鮮花和草本植物，而她攤子的隔壁正好是一個露天的小空間，她讓駱馬待在那裡。」

「那就是露西囉？」葉克法官問。

「是的，庭上。兩週前我經過她的攤位，就像往常一樣執行我的工作，那隻駱馬突然走過來瞪著我看，我們眼睛的高度相當，我是說我和駱馬，剛開始我以為牠可能要親我。」

「駱馬親吻人類？」葉克法官打斷他。

「牠是個小甜心，很喜歡人類，只有少數人例外。」佩突尼雅女士脫口而出。

葉克法官看著她，禮貌卻堅定地說：「等一下會有機會讓你說，請不要插話。」

「抱歉，法官。」

「請繼續。」

霸克壯了壯膽子，接著說：「是，庭上。那隻駱馬會親人，尤其是小小孩。如果你問我，我是覺得有點噁啦，不過常有人在那隻駱馬附近打轉，就是想仔細看看牠，偶爾牠會稍微低下身子，挑一個人來親。」

「好了，好了。我們已經證實露西喜歡親吻人類。現在請繼續說下去。」

「是，庭上。噢，就像我說的那樣，那隻駱馬朝我走過來，我們瞪著對方好幾秒，然後牠把頭高高抬起，這表示牠很不高興，接著牠稍微往後仰，咻地往我臉上吐口水。是很多很多的口水，不只是幾滴而已。噁心死了，又黏又臭。」

「這隻駱馬會對人吐口水？」葉克法官問，似乎覺得很有趣。

「噢，是的，法官，而且牠吐得超快，我完全沒料到會這樣。」

愛波的媽媽梅．芬摩是個嗓門嘹亮、動作粗魯的女人，從來不知道舉止合宜是何物。她哈哈大笑，絲毫沒有要忍耐的意思。

「夠了。」葉克法官嚴厲地說，雖然他自己好像也快笑場。「請繼續，波藍德先生。」

「沒問題。」

「有些小孩在旁邊看，我想他們知道這隻駱馬會吐口水，一看到牠攻擊我，他們立刻爆出笑聲。那真的很尷尬，讓我氣得半死，所以我把臉擦乾後，走過去告訴佩突尼雅女士剛才發生的事，她說：『哎呀，這表示露西不喜歡你啊。』然後我說：『我不在乎牠喜不喜歡我，但是牠不能對人吐口水，尤其是警衛人員。』佩突尼雅女士連聲抱歉都沒說，事實上，我想她覺得這很好笑。」

「這隻駱馬當時是以繩索綁著或其他方式約束嗎？」葉克法官問。

「不，庭上，並沒有。牠很自在地在佩突尼雅女士的攤位附近閒晃，老是有些孩子喜歡去摸她，然後大驚小怪一番。所以我們花了幾分鐘討論這件事，而我發現駱馬的主人並沒有意思要改變什麼，於是我決定離開，先冷靜一下，順便洗臉。不過我還是時時留意著那隻駱馬，我想牠也一直在注意我。我的工作內容之一就是監視前門入口，有時候會有人沒付錢就想離開，所以我得想辦法讓那些人老實點，你知道我的意思吧，法官？」

「當然。」

「所以呢，總之大概一個半小時後，我又重回崗位，再度經過那個攤位，我沒有對那位女士或她的駱馬再說什麼。我停下來和達得利．比夏先生說話時，覺得背後有個什麼東西，達得利也停下來，我一轉頭，又看到那隻駱馬瞪著我看。我還沒來得及往後退，牠的口水攻擊就來了，跟第一次一樣噁心，達得利也在這裡，他是我的證人。」

達得利．比夏先生坐在旁聽席的折疊椅上，他舉起手。

「這些都是眞的嗎，比夏先生？」法官問。

「句句屬實。」證人回答。

「請繼續。」

「嗯，我真的很氣。大家都在笑我，說些有的沒的，於是我把臉擦乾，走向佩突尼雅女士。事情就在她面前發生，但她一點也不以爲意，只告訴我離那隻駱馬遠一點就會沒事。我解釋說我有權在這裡工作，這應該是她的問題，不是我的。我要她想個辦法管管那隻笨駱馬，可是她拒絕了，我再度冷靜下來，試著保持距離。不管那隻駱馬原本在做什麼，只要我一靠近入口，牠都會停下來狠狠瞪著我。我告訴法蘭奇這件事，建議我們那天先交換崗位，但他一點也不想和那隻駱馬扯上關係，他說我應該打電話給動物管制局，我也照做了。他們派人過來和佩突尼雅女士聊了一下，她說沒有法令規定要用繩索套住駱馬，動物管制局的人也同意她的說法。我猜，讓駱馬在城裡到處溜達、對人吐口水，都是合法的囉。」

「我倒沒聽說斯托騰堡有這樣的問題。」葉克法官表示。

「現在有了啊。法官，故事還沒說完呢。」

「請繼續。」

「嗯，上週六又發生了，而且更糟。我想辦法和那傢伙保持距離，好好做我的事，盡量迴避牠，甚至避免眼神接觸。我沒有對佩突尼雅女士或那裡的任何人說什麼，另外那位芬摩太太也有個賣羊乳酪的攤子，就在花草攤隔壁，她有一隻蜘蛛猴在攤位上跳來跳去，我想大概是爲了吸引顧客、提升銷售。」

「蜘蛛猴和駱馬有什麼關係？」

「我正要告訴你。有時候那隻猴子會坐在駱馬背上，有點像是騎著馬到處走，大家都愛看得不得了。小孩會在附近打轉、拍照，有些父母還會讓孩子跟這個駱馬與猴子的組合拍照留念。嗯，這時候有個小女孩受到驚嚇，開始尖叫，我過去查看，那隻駱馬一看到我就立刻狂奔而來。我們距離至少還有九公尺遠，但牠還是要攻擊。我不想再被吐口水了，所以我往後退，牠還是一直朝我逼近，而那隻猴子像個牛仔一樣騎在上面，等我明白駱馬是玩眞的，我轉身拔腿就跑，我跑得愈快，駱馬就跟得愈緊。我可以聽見那隻猴子尖聲叫著，好像玩得很開心。那時候大概是早上八點，市集已經湧入了人潮，大家都在笑。我不知道那傢伙會不會咬人之類的，我想拿槍自衛，但周圍人潮太多，更何況我並不想殺了那隻駱馬。我們從一條走道跑到另一條，跑遍整個市集，圍觀的人都在笑，那隻猴子還不停地尖叫，實在糟透了。」

葉克法官稍微立起一個資料夾擋住臉，以掩飾他快要笑場的事實。西奧環顧法庭，看來每個人都聽得興味盎然。

「這並不好笑，法官。」霸克說。

「請繼續。」

「是這樣的，一切都在我跌倒時畫下句點。我在布區．塔克的西瓜攤前面栽了跟斗，還沒來得及站起來，駱馬就低下頭展開口水攻勢。我的臉沒事，襯衫卻溼了，布區也在法庭，他可以確認這件事。」

布區舉起手說：「法官，這是真的，我當時在場。」他露齒微笑。

「謝謝你。請繼續。」

霸克呼吸急促，臉色泛紅。他說：「嗯，後來我終於站了起來，準備好好修理那隻駱馬，或許連同那隻猴子，這時法蘭奇匆匆趕到，用棍子驅離那隻駱馬。我猜牠大概就回到牠的老地方。我不清楚，我當時太生氣了。法官，你一定要做出處置，我有權在不受攻擊的環境裡工作。」

「還有別的嗎？」

「我想沒了，目前就是這些。」

「布恩先生，要進行交互詰問❼嗎？」

西奧決定最好讓他的客戶說出故事的另一版本，他從經驗得知，葉克法官不吃法庭程序那一套。「讓我們聽聽佩突尼雅女士的說法。」他說。

「好主意。佩突尼雅女士，請告訴我們你的說明。」

「我比較喜歡站著說。」她說。

「那麼請起立。」

「謝謝法官。他說的全都是眞的，只不過遺漏了幾件事。駱馬覺得受威脅或是被騷擾時就會吐口水，牠們這麼做是爲了自我防衛、保護自己。牠們不會咬人、也不會踢人，這種動物愛好和平已經有幾千年的歷史了。牠們和駱駝是來自同一個家族，你知道嗎，法官？」

「我不知道。」

「總之，牠們是同一家的，都是勤勞、忠實且容易照顧的動物。露西跟著我已經十二年了，每個星期六早晨天剛亮時，牠就幫我拖車到市集。我的車子很小，沒辦法運送花和其他植物，多虧有了露西。」

葉克法官舉起一隻手，轉頭看著西奧問：「駱馬在市區拖車合法嗎？」

西奧回答：「是，庭上，並沒有法令規定禁止這麼做。」

「這隻駱馬平常住在哪裡？」

「在我家後院。」佩突尼雅女士說：「我有個很大的院子。」

「市政府允許民眾在家裡飼養駱馬嗎？」

西奧回答：「不，庭上，但是佩突尼雅女士的家並不在城裡，而剛好是在市區外圍，算

---

❼交互詰問（cross-examination），一種調查證據的方式，當法庭開庭調查時，可由被告、檢察官或辯護律師對證人直接問話，法官因此做出正確判決。進行交互詰問時，必須一方問完話之後，另一方才能說話。

是在郡的管轄範圍內，而本郡的法令並未禁止居民在後院飼養駱馬。」

「謝謝你，顧問先生。請繼續，佩突尼雅女士。」

「幾個月前，露西和我在市集結束後準備回家，突然被一輛巡邏車擋下，兩名警察下車開始盤問。他們指控我們阻礙交通和其他莫須有的罪名，但我想他們純粹是好奇。這件事讓露西很不高興，牠覺得受到威脅。」

「牠對他們吐口水了嗎？」葉克法官問。

「沒有，庭上。」

「牠對人吐口水的頻率大概是？」

「幾乎從未發生過，法官。大約一年前，抄電錶的先生來到家裡，他一直招惹露西，所以吃了苦頭，當時那位先生也穿著制服。你知道的，法官，我想露西不喜歡穿制服的大塊頭男人，他們讓牠倍感威脅。牠從未對女人或小孩吐口水，或是任何穿便服的男人。」

「值得嘉獎。」

「而且這位波藍德先生對牠很不友善，他來攤子好多次，頤指氣使地告訴我應該把露西拴起來，或是關在固定的地方。他自以為整個市集都歸他管，事情會這樣，他要負部分責任。」

「庭上，不是這樣的。」霸克說。然而任何人看到穿著制服的霸克，都能立刻察覺到他自詡為權威人士，並以此為榮。

「我們不是來鬥嘴的。佩突尼雅女士，你的部分結束了嗎？」

「大概吧。」

「好吧，波藍德先生，你究竟希望我怎麼做？」

「這個嘛，法官，我覺得她應該讓駱馬待在家裡，留在後院，這樣就不會對人吐口水或者在公共場所攻擊人類了。」

西奧說：「但是法官，佩突尼雅女士必須將花草運送到市場，而且沒有法律禁止她用駱馬來拖車，不讓我的客戶帶露西出門，這樣有失公平。」

「或許吧，但我們還是得做些什麼，布恩先生。」葉克法官說：「我們不能讓這樣一隻動物任意對人類吐口水。波藍德先生有權在免於恐懼的環境下工作，你同意嗎，布恩先生？」

「是的，我同意。關於露西的行爲，我在此代表我的客戶向波藍德先生道歉。」道歉對葉克法官來說意義重大，而西奧堅持一定得這麼做；佩突尼雅女士先前反對這個主意，不過西奧最後還是說服她了。

霸克點頭接受，可是仍然不滿意。

「布恩先生，你有什麼點子嗎？」葉克法官問。

西奧起身對法官說：「就這麼做吧。下星期六早晨，波藍德先生和另一位警衛法蘭奇交換崗位，而法蘭奇也盡量離露西愈遠愈好，同時執行職務。如果露西仍然想攻擊法蘭奇，那我們就同意採取較極端的辦法。」

「比如說？」

「庭上，露西從來沒被繩子拴過，不過我的客戶會願意這麼做的，佩突尼雅女士有自信能與露西談論此事，讓牠對穿制服的大塊頭男人卸下心防。」

「法蘭奇是個大塊頭嗎？」葉克法官問霸克。

「他只是個小蝦米。」

「佩突尼雅女士對露西說話？」葉克法官問西奧。

佩突尼雅女士也站起來說：「噢，是的，法官。我們一天到晚聊天，露西非常聰明，我想我能說服牠改正吐口水的行爲。」

「波藍德先生，你覺得這樣如何？」

霸克明白他無法得到他想要的，至少這次是沒辦法了，於是聳聳肩說：「我願意試試看，我不是要找麻煩，法官，但那眞的很難爲情。」

「我相信的確如此。我們就先依照這個計畫進行，如果不成功，下週我們再回到法庭討論這件事。大家都同意嗎？」

每個人都點頭同意。

「動物法庭散會。」葉克法官說。

第15章

西奧一離開法庭，現實又再度浮現，有那麼一陣子，他忘了自己的麻煩，在駱馬吐口水的怪誕時空中遊走。佩突尼雅女士雀躍不已，梅．芬摩彆扭地擁抱他，最重要的是，愛波對他的辯護技巧印象深刻。

但是這種樂趣嘎然而止，西奧眼前只剩下羞辱。他遭受不實指控、被跟蹤且被騷擾，而他們全家都被拖入泥沼之中。只要想到一群警察在布恩家的每個房間翻箱倒櫃地搜查，他就寒毛直豎。鄰居們會怎麼想呢？

西奧接著想到一件事，嚇得他非停下腳踏車喘氣不可。他在公車站牌旁的長椅坐下，雙眼直視人行道上的柏油地面。如果小偷壞心又大膽到利用置物櫃栽贓，那何嘗不會也在他家裡做一樣的事？車庫門通常是敞開著，後方有一間堆放雜物的小屋，而且他們從來不上鎖。要是某個壞傢伙在他家外面鬼鬼祟祟行動，先找個不醒目的地方，再藏幾台平板電腦或手機，甚至筆記型電腦，其實並不難。

如果警方找到那些東西該怎麼辦？再次被逮，人贓俱獲！西奧某一瞬間甚至在想，他爸媽是否也會開始懷疑他。

他終於重新騎上腳踏車，繼續往事務所前進，他從後門悄悄進入，看到法官在他桌底下安睡。他躡手躡腳地走過大廳，盡量避免撞見任何人。艾莎在整理桌面，準備回家；她為了西奧的事顯得很消沉且苦惱，而西奧在跟她聊過之後感覺更糟了。

時針漸漸指向下午五點。

警方在路邊等待，地點是馬拉巷八八六號，這裡是伍茲與瑪伽拉·布恩的家，也是他們的獨生子西奧出生以來唯一的家。警方在車裡等著，布恩家人很慶幸那兩輛車並未標示為警用車，如果是配以警鈴與警笛的巡邏車，想必會像磁鐵一樣引來鄰居圍觀。

西奧率先騎著腳踏車抵達，他的父母駕車跟隨在後，佛蒙與漢姆頓警探從街道走過來，介紹兩位便衣警官馬畢與傑斯科給他們認識。他們邀請警方人員入內，布恩太太煮了一壺咖啡，大家圍坐在廚房桌子旁。在等候咖啡的時候，布恩先生又仔細讀了一次搜索狀，然後轉交給布恩太太，她也照做。

「我無法理解為什麼非得搜索這裡的每個房間不可。」布恩先生說。

「完全沒必要。」布恩太太尖銳地加上一句。他們倆很明顯壓抑著怒火，至少目前還沒有失控。

漢姆頓說：「我同意，我們並不打算整晚都待在這裡，只想看看西奧的臥房，可能再加上其他一、兩間房，然後是車庫、地下室，或許還有閣樓。」

「我房間裡什麼也沒有。」西奧說。他一直站在門口觀察並聆聽。

「西奧，夠了。」他爸爸說。

「你們打算搜查閣樓？」布恩太太一邊倒咖啡、一邊難以置信地問。

「對。」漢姆頓回答。

「那祝你好運，可能你這輩子都得待在那裡了。」

「你們有任何附屬建築嗎？」佛蒙問。

「後面有一間堆雜物的小屋。」布恩先生說。

「裡面有什麼？」

「我沒有記錄，就是些很尋常的東西，除草機、澆花用的水管、除草劑、舊家具之類。」

「有上鎖嗎？」

「從來沒有。」

西奧再度脫口而出：「閣樓和小屋裡什麼都沒有，這只是在浪費時間，因爲你們根本搞錯對象了。」

六個大人同時轉頭瞪他，然後他爸爸說：「西奧．布恩，眞的夠了。」

「不，我同意西奧的說法。」他媽媽說：「這是在浪費時間和力氣，你們花愈多時間懷疑西奧，就得花更多時間才能找出眞正的犯人。」

「我們只是在調查階段。」漢姆頓說：「這是我們的工作。」

西奧的房間出人意料地井然有序。凌亂的床鋪、散落在地面的衣物、未能上架的書本，這些在他父母眼裡都是缺失，而這些缺失會導致他每週零用錢的減少，所以爲了避免實質的財務損失，西奧總是保持整潔。他們同意讓布恩太太陪同警方人員行動，以監督搜索過程。十分鐘過去了，沒有任何發現。搜查人員移步到客房，開始檢查那裡的櫥櫃，然後是起居室。在布恩太太的監視下，警方仔細查看每個櫃子和書架，輕輕觸碰衣櫃裡的每一件物品，他們幾乎是踮著腳尖在屋裡移動，彷彿深怕打破東西。

他們離開起居室之後，西奧和他父親打開電視，收看當地新聞。西奧試著放鬆自己，但老是想到那間儲物小屋，小偷要是想把贓物藏在那裡有多麼容易啊！他開始胃痛，很想躺下來休息，卻勇敢地裝做沒事。假如聽見他們大叫「找到了」或「東西在這裡」，他的人生將畫下句點。

布恩太太引導警方走到地下室，他們搜查了洗衣間、遊戲間和工具室，仍然一無所獲。她帶著他們走向閣樓，那裡塞滿了一箱箱典型的無用垃圾，它們最終難逃被丟棄的命運。

「西奧時常上這裡來嗎？」漢姆頓問布恩太太。

「只有在他想藏贓物的時候才來。」她回答。漢姆頓暗自發誓絕不再發問。

他們花了一個小時打開所有紙箱和雜物桶，什麼也沒發現，接下來是車庫和另外一個工具室，以及一個收納暖氣與空調設備的大型櫥櫃。等到警方離開屋子，西奧問他爸爸：「爸，我可以回房間了嗎？」

「當然。」

西奧準備起身離開時，他爸爸說：「西奧，你媽媽和我百分之百相信你，你懂嗎？」

「我懂，謝謝爸。」

到了樓上，西奧在床上伸展身體，拍拍床鋪的某個位置。法官正等著這個信號，牠咻地跳上去；這是布恩太太的大忌。反正門已經上鎖，西奧安全地待在自己的世界裡，至少能享有片刻的平靜。一陣噪音從後院傳來，這表示他們開始在儲物小屋裡東翻西找。西奧耐心等待，試著放鬆，努力不去想他房間剛剛被警方入侵的事。

幾分鐘過後，外面的人並沒有發出興奮的叫嚷聲，小屋裡沒有任何不尋常的物品。兩個小時後，搜索終於結束。警方謝謝布恩夫婦的合作，彷彿他們有選擇權似的，然後離開了馬拉巷。

布恩太太敲敲西奧的房門，他把門打開。「他們走了。」她邊說邊擁抱西奧。「你覺得還好嗎？」

「不，其實不太好。」

「我也是。聽著，西奧，我是很不錯的律師，你爸爸也是，我們絕對會保護你，防止任何壞事發生，好嗎？那些警探也是善盡職責的好人，他們最終一定會挖掘出事情的眞相，這場惡夢會就此結束，我保證一定會有好結果。」

「希望如此，媽。」

「你爸有個好主意，既然你明天不用上學，我們去桑多斯披薩店怎麼樣？」

西奧勉強微笑了一下。

他們開車離開時，坐在後座的西奧問：「嘿，你們聽過駱馬吐口水的故事嗎？」

「沒有。」他爸媽異口同聲說。

「那我來說給你們聽。」

第16章

星期五上午，照理說此時應該在上第三節公民課，西奧終於厭倦停學這件事，承認自己很想念學校生活。他媽媽在法庭，爸爸則埋首於辦公桌上成堆的文件。事務所裡沒人有空理會西奧，於是他告訴艾莎要去找艾克，她擁抱了一下他，又一副淚眼汪汪的模樣。西奧眞是受夠這些憐憫了。

西奧踩著腳踏車穿越斯托騰堡，法官在他身後跑著，他小心翼翼地避開繁忙路段，現在他最痛恨的就是被警察或是檢查曠課或逃學的訓導員攔下這種事；他們一天到晚在抓蹺課的孩子，嚴重者還會被帶到少年法庭。西奧有預感他即將時常造訪少年法庭，遠比自己曾經想像的還要頻繁，而且照他的本週運勢來看，他覺得隨時會有警察把他攔住。

不過他還是安然抵達艾克的辦公室，三步併兩步上樓，走進那個凌亂而美好的空間，他那古怪的艾克伯父就在這裡做些勉強餬口的工作。儘管他的桌面堆滿東西，而且他擁有布恩家熱愛工作的典型性格，但他其實沒有眞正在打拚。他獨自一人住在小公寓裡，開著一輛骨董級英國凱旋賽車，累積的里程數達上百萬公里。他需要的不多，所以需要的工作也不多，尤其是在每個星期五這天。西奧從經驗得知，大部分的律師都在星期五中午過後沒了勁，法院於是變得安靜許多，想在這天下午找到法官並不容易，連書記官都會延長午休時間，然後盡早從法院溜走。

艾克雖然不再是眞正的律師，卻仍遵循這項傳統。他起床得很晚，不過他幾乎每天都晚起，然後在辦公室裡悠哉地閒晃，到了午休時間，他下樓到希臘熟食店吃午餐，佐以兩杯紅酒，爲他的週末拉開序幕。

西奧和法官在十點半左右抵達，艾克剛喝完第三杯咖啡，情緒高昂地喋喋不休。「西奧，我心裡有個嫌犯人選，不知道是誰，也沒有名字，現在還沒有，但我有個追查的方向，你要參一腳嗎？」

「當然啦，艾克。」

「不過首先，我想知道關於那場衝突的一切。每一個細節、踢出的每一腳、揮出的每一拳、流血的鼻子等，告訴我你揍了某個小壞蛋的臉。」

艾克的腳放在桌上，一雙髒兮兮的涼鞋，照舊沒有穿襪子。於是西奧也坐在椅子上往後一蹬，把腳擱在桌上。「這個嘛，事情發生得實在很快。」接著開始進行詳實的長篇報導，艾克露齒微笑，顯然是個非常驕傲的伯父。西奧並未加油添醋，並且忍住將自己描述成打架高手，最後以自己和葛萊德威爾校長之間的對談以及停學處分收尾。艾克說：「做得好，西奧。

有時候你別無選擇，就把那個停學處分當做你的榮譽徽章吧。」

「你知道搜索狀的事嗎？」西奧問，急著要分享這週以來的所有驚濤駭浪。

「什麼搜索狀？」艾克質問。

西奧把事情說了一遍，艾克聽了頻頻搖頭。為了緩和氣氛，西奧問：「你聽說過會吐人口水的駱馬嗎？」艾克沒聽說過，於是西奧詳細描述他最近在動物法庭的探險。

故事時間結束後，艾克從椅子上跳起，指關節喀啦作響，然後說：「好，西奧，我們的任務就是要找出陷害你的人，對吧？」

「對。」

「過去四十八小時，我不斷思考這件事。告訴我目前你所知道的一切。」

「我知道的不多。我爸認為一定是學校的人做的，非常有可能是學生，因為如果是大人接近我的置物櫃，想不引人注意都很難，而且他覺得可能不只一個人。」

「我完全同意。你覺得頭號嫌疑犯是誰？」

「我完全沒概念，艾克，我爸媽要我寫一張清單，列出所有跟我有過節的學生。並不是說我在學校有多棒，但我真的想不出來有誰會這麼做。一、星期一入侵我的置物櫃偷取東西；二、星期二晚上闖進電腦用品店行竊，將我的棒球帽留在那裡；三、星期三再度入侵我的櫃子，放進平板電腦，所有的一切都是為了讓我被送進監牢。某個人真的、真的很恨我，而我怎麼也猜不透那個人可能是誰。」

「那是因爲你不認識他。或許你從來沒有見過他，又或許你見過他，卻渾然不知。」

艾克在辦公桌後方來回踱步，搔著他斑白的鬍子，皺眉苦思。

「嗯。」西奧回應，「那會是誰呢？」

艾克突然坐下，越過桌面向前傾，灼熱的雙眼瞪著西奧。「你的父母都是律師，而且都很優秀。律師經手各種案件，當事人可能很瘋狂、憤怒、受傷或惹了麻煩，總之他們不爽到願意拿出大把鈔票來提出訴訟。好，你爸爸是房地產律師，如果你問我，我得說那是件窮極無聊的差事，他處理許多文件，應付買賣住宅、建物或土地的人，你知道我的意思吧。」

「我絕對不要當房地產律師。」西奧說。

「好小子。我的重點是，他不需要幫客戶處理衝突，對吧？」

「對。」

「而你媽媽就完全不一樣了，她專門處理衝突，而且還是最嚴重的那種。離婚案。婚姻破局。夫妻倆搶奪孩子的監護權、房子、車子、家具和金錢，再加上各種指控，像是外遇、家庭暴力、忽視家庭等。這個領域常會遇上可怕的案子，西奧，我對離婚案向來不感興趣，而你媽媽卻是個中翹楚，她總是最棒的。」

西奧邊聽邊點頭，一邊耐心等著。艾克說的這些他都知道。

艾克彈了一下指頭，然後說：「離婚對孩子來說是件很可怕的事，西奧，兩個他所愛的人突然不住在一起，也不再愛對方，更不用說其實他們憎恨著對方，而在分開的過程中，可能還把孩子當成戰利品般去鬥爭。對孩子來說，這是很大的創傷，讓人痛苦又困惑。這個孩子不知道父母的哪一方會取得監護權，也就是說，不知道自己會跟誰住；通常這對夫妻會被迫賣掉原本的房子，有時候孩子會比較喜歡父親或母親，而且必須做出選擇。想像一下，西奧，你被迫選擇與父親或母親住。離婚對孩子的情緒是很大的震撼，而這種傷害會持續很長一段時間。」他停頓了一下，抓抓鬍子，然後說：「我認爲你的麻煩和你媽媽處理的離婚官司有關，我猜她的客戶之一可能有個孩子和你同校，而這個孩子偷偷恨著你，因爲他對父母離婚的發展方向很不滿意。既然你媽媽總是代表女方，而女方幾乎總是能取得監護權，或許這孩子不喜歡他媽媽，而想跟著爸爸。只是男方都眞的不喜歡你媽媽，原因也很明顯。在這些離婚案當中，當事人對你母親懷著強烈恨意是常有的事，而被戰火波及的孩子們很可能也懷著相同的情緒。」

西奧肩頭上的重擔瞬間消失無蹤，他忽然覺得輕盈許多。多棒的推理啊！西奧從沒想到這一層，而他充滿智慧的老伯父已經看穿一切。

艾克繼續說：「你也許會覺得奇怪，爲什麼瑪伽拉從沒提過這些，她有可能稍微想過，但你媽媽是個爲客戶著想的熱血律師，她通常無法抽離開來縱觀全局。再說，她身爲如此專業的律師，絕不可能考慮洩露客戶的資料。」

「甚至不對自己的兒子說？」

「西奧，這是當然囉，如果你媽媽覺得你可能遭到涉及離婚案的某個人傷害，我毫不懷疑她會想盡辦法保護你。但像你媽媽這樣的律師，可能會因爲保護證人的堅持而產生盲點，他們看不到別人能看到的。而且西奧，你得承認，這個神祕的孩子做的事情的確太離譜，不會是你媽媽或其他任何人所能預料的。你媽媽處理離婚案很多年了，或許她根本不認爲客戶的孩子有可能因懷恨在心而做出這種事。」

「我要找我媽談談嗎？」

「然後你要問她什麼？她的哪個客戶正在跟離婚官司纏鬥，而那孩子恰巧與你同校？假設她能想出幾個案子，假設你能縮小嫌犯範圍。雖然還不確定到底該怎麼做，但藉由某種方式，你想辦法證明了那個神祕小子是眞正的犯人，而這孩子因破門闖入電腦用品店行竊而遭逮捕，接著被踢出學校，一切罪有應得的事情都發生了。你洗清了嫌疑，而這個孩子惹上了大麻煩，是這樣嗎？」

「對。」

「你媽媽有可能因此惹上麻煩，她的客戶會很不高興，因爲你媽媽要爲客戶的孩子深陷泥沼負起部分責任；我的意思是說，這孩子會在拘留所之類的地方待上一陣子，而這名客戶很可能會怪罪你媽。當然這孩子有罪而且理當受罰，但客戶會覺得你媽媽侵犯了她的隱私，這會讓你媽媽陷入困境。」

「你有什麼計畫嗎？」

「當然有。你電腦帶了嗎？」

西奧拍拍背包說：「就在這。」

「很好，我們上網查查家事法庭❽的案件，列出一張由你媽媽負責的離婚案清單，再一個個找出那些正在進行中、牽連到孩子而且那個孩子與你同校的案子，篩選過後，剩下的案子應該就不多了。」

西奧已經把電腦拿出來了。「這主意眞是太棒了，艾克。」

「先試試再說吧。」

家事法庭書記官的訴訟事件表案卷檔案分爲好幾類，包括「有爭議／無爭議」、「進行中／停滯中」、「有孩子／沒有孩子」以及「已查明／待審中」等幾種情形。西奧用他的筆記型電腦查詢，艾克則用他笨重的桌上型電腦作業，兩人埋頭苦幹半小時之後，彙集了二十一件由瑪伽拉．布恩代表女方的進行中離婚案。在這些案件中，三件屬於「沒有孩子」類別，因

---

❽「家事法庭」是專辦離婚等家庭案件的法庭。參《不存在的證人》第十三頁註❷。

此從清單上移除；五件屬於「無爭議」類別，艾克覺得似乎也可以刪除這部分。沒有爭議的離婚案簡單且快速得多，不至於累積怨氣，衍生出劃破輪胎或拿石頭砸窗戶這種事。

「『加密』的意思是什麼？」他們瀏覽這些紀錄時，西奧問。

「對我們來說，那表示『麻煩』。」艾克說：「我剛剛忘了還有『加密案卷』。有些離婚案涉及特別惡劣的行為，雙方當中任何一方都可要求法官密封那個檔案，代表這份資料已被上鎖，只有負責這個案件的律師才能閱覽。資料完全不對外公開，這可能會是我們的死角，當然啦，除非我們能夠進到你媽媽的檔案裡。不過我們先繼續研究吧。」

在他們的清單中剩下的十三個案件，艾克依照客戶的姓氏列了一張清單，西奧則下載斯托騰堡中學的學生名冊。經過交叉比對，名單腰斬成一半，大概有七宗案子與西奧學校的學生有關，不過有些名字太常見了，所以很難決定是否要排除，包括史密斯、強森、米勒和格林各一人。看著這些名字，西奧多少覺得鬆了口氣，他並不認識名單上的任何一人。

兩年前，西奧念六年級的時候，一個叫做南西．葛瑞芬的女生告訴他，西奧的媽媽是她媽媽的離婚訴訟律師，離婚的最後階段剛結束，而葛瑞芬太太非常滿意西奧媽媽的表現，這是西奧第一次發覺布恩太太的工作能影響到他的朋友和同學。他後來問媽媽這件事，怪她怎麼沒有告訴自己。布恩太太謹慎而嚴正地對他解釋，律師工作有一定的倫理原則，而客戶隱私是當中最重要的環節之一。

艾克在筆記本上潦草書寫著，然後說：「所以我們有七個可能人選，或者說有七件你媽媽負責的案子涉及和你同校的學生。你認得其中哪一個人嗎？」

「好像沒有。七年級有個叫東尼．格林的學生，但我們不知道他是否就是名單上的格林，除此之外，其他的都不認識。」

「我們再回到那個『加密案卷』。」艾克說，而西奧的動作至少比他伯父快了十秒。有八個案件上了鎖，只標示出提出訴訟那一方的姓名，並未顯示律師的名字。

艾克說：「我們不得不這麼想，我們在找的那件離婚案狀況一定很糟，父母雙方都在爭監護權，而這個神祕小子希望能跟父親一起住，否則他不會去攻擊母親律師的兒子。覺得這樣合理嗎？」

「大概吧。」

「對父親來說，如果想爭取監護權，他必須證明母親是沒有資格撫養孩子的。法律通常是站在女方這邊，男方取得監護權的例子寥寥可數。」

「我知道。」西奧說。

「想證明母親不適合照顧孩子，男方必須列舉出女方的各種不良行爲，這類案子最後通常都隔離在『加密案卷』裡，而這麼做的原因再明顯也不過了。」

「那我們就沒轍了。」

「對，除非我們能偷偷瞄一眼你媽媽的檔案。」

「你瘋啦？」

「對，西奧，我瘋了好一陣子啦，而且爲了找出是誰跟蹤你、騷擾你，還想嫁禍於你，我什麼瘋狂的事都做得出來。瘋就瘋吧，但或許是該打破一些規矩的時候了。你昨天違反校規打了一架，不過你當時眞的沒有別的選擇，對吧？」

「對，我想是吧。」

「我現在不是說要做違法的事，西奧。看瑪伽拉的檔案並不是違法行爲，也許有點不道德，但我們不會將敏感訊息洩露出去，而且這很可能是解決這一樁神祕小案件的唯一辦法。」

「我不知道耶，艾克。」

「事務所用的數位儲存系統是什麼？」

「一個叫『捷訊』的，還滿基本的系統，只用來儲存、分類和剪報。」

「誰能進入瀏覽？」

「我不能。我爸媽、陶樂絲、文森和艾莎可以，不過我爸和陶樂絲幾乎不用這個系統。我媽和文森利用它來整理資料，這樣找東西時就不需要在成堆的文件裡挖寶。另外，它還內建了所有法務研究資料。」

「你弄得到密碼嗎？」

西奧想了很久，如果他取得密碼交給艾克，那麼他就變成某種共犯，或許不是犯罪，卻是他寧可迴避的事情。他的麻煩已經夠多了，現在最不希望見到的，就是媽媽因爲她的客戶隱私被侵犯而對他吼叫。

「聽我說，艾克，我就直接去找我媽，告訴她我的想法。我會解釋我們的推理給她聽，再請她幫忙。你知道，她畢竟是我媽啊。」

「好主意，西奧，而且合情合理，但不是現在做這件事。我們先試試看能不能自己破案，不要把她牽扯進來。我不想要求瑪伽拉．布恩提供關於客戶的敏感資料。」

「艾克，這不太可能做到吧？」

「或許是吧，不過這是目前最好的做法了。現在警方並未調查任何其他方向，因爲他們確信你就是那個小偷啊，很可能哪天就突然拿出逮捕令，把你拖去少年法庭。西奧，如果我們不盡快找到眞正的犯人，情況會變得更糟的，你懂嗎？」

「是的，相信我，我懂。」

「聽我說，西奧，很久以前我曾經是斯托騰堡裡事業有成的律師，我的辦公室與你媽媽的相對應，位於大廳另一側，我有很多客戶，過著安逸的生活。然後警方出現了，開始問東問西，我無法回答所有的問題，於是他們一而再、再而三地問我更多問題。我當時感到難以置信，只是漸漸明白麻煩愈來愈大，可是我無能爲力。一旦司法系統以你爲目標開始運作，就很難叫停了。相信我，西奧，我是過來人，那感覺爛透了，就好像天要塌了卻無處可躲。」

這是艾克第一次談到自己的麻煩、憶起那段往事，西奧聽了覺得很驚異，他決定提出那個他一直很想問的問題：「艾克，你眞的有罪嗎？」

艾克想了半晌，最後說：「我做錯了一些事，西奧，一些我一直感到很後悔的事。但你沒有做錯任何事，這也是爲什麼我不介意打破一點小規定來保護你。我們來挖掘事情眞相，讓那些警察別再對你窮追不捨了。」

「嗯，我知道了。」

「你弄得到密碼嗎？」

「應該可以。」

第17章

西奧和法官再次避開熱鬧的街道，朝著布恩&布恩法律事務所前進。西奧陷入沉思，可以說是徹底感到困惑，他恍神地闖了一個「停」的交通標誌，在一輛郵務車前一閃而過。「小子，你不看路的啊！」司機大吼，然後西奧轉頭說：「對不起。」法官繼續往前跑，彷彿牠想和西奧保持距離似的。

午餐時間，艾莎和陶樂絲在廚房吃沙拉，兩人同時七嘴八舌地發言。西奧偷偷溜走，沒被瞧見，媽媽的辦公室裡沒人。「大概正忙著出庭吧。」他自言自語。文森的房門是敞開的，但人不在，他通常會外出用餐，他的電腦一如往常開著，螢幕保護程式正在運作。

「借」密碼最容易的方法就是從這五台電腦之一取得；兩位律師都有電腦，再加上文森、陶樂絲和艾莎。如果西奧眞的能夠出手「借」密碼，現在就是絕佳時機，可是他還在掙扎，要說服自己這麼做是對的並不容易。艾克確信如此，但西奧不是艾克，他知道那是錯的，或許不違法，不過肯定是錯的。

西奧覺得自己一直很清楚對與錯的界線，現在卻什麼都不清楚了，一堆錯事算在他的頭上。入侵他的置物櫃是錯的，栽贓是錯的，明顯是要陷他於不義。還有，跟蹤他是錯的，劃破他的輪胎是錯的，對著他的窗戶丟石頭也是錯的，而西奧自己並沒有做錯任何事，卻被當做犯人看待。警方根本就是弄錯對象了，他們不相信西奧，那是錯的，如果他因此被起訴，那更是錯得離譜。西奧打群架是錯的，雖然他爸爸、文森和艾克似乎都不認為那有什麼錯。如果西奧違反辦公室規定而竊取密碼，一切都是為了避免另一個更嚴重的錯誤，這也是錯的嗎？錯誤的行為會導向正確的結果嗎？

所有事情都讓人困惑，但西奧信任艾克，而艾克毫不懷疑取得密碼是正確的決定。

西奧先帶法官回到他的辦公室，要牠小睡片刻。等到安頓好之後，西奧沿著大廳緩緩前進，同時凝神傾聽。陶樂絲和艾莎正在閒聊食譜方面的事，樓上爸爸的辦公室裡安靜無聲，大家都知道伍茲・布恩在睡午覺。西奧溜進文森的辦公室，關上門，並上了鎖。他坐在文森的椅子上，小心翼翼不去移動桌上的任何物品，開始檢視電腦。他的螢幕保護程式是一系列的日落海景，西奧按了「主選單」，再點選了「捷訊」，這時要求輸入密碼，於是他退出來，進入「我的電腦」，再按「桌面」、「控制台」，接著是「系統與安全性」，最後是「密碼」。文森有許多密碼，西奧覺得自己像個變態似的在偷窺。網購帳戶、手機、兩個約會網站、旅遊網站、足球球迷網站等，至少一打以上的密碼都在這。在一長串名單最後才是「捷訊」，西奧按了一下，密碼 Avalanche88TeeBone33 出現了，西奧趕緊抄下來，隨即從「主選單」退出。他按了「捷訊」，輸入密碼，螢幕出現約五秒的空白，接著出現「捷訊—布恩&布恩—帳戶代碼：647R」，西奧寫下代碼，然後按下「進入」鍵。一長串名單出現了，像是「丹妮絲．斯奈特對威廉．B．斯奈特」之類的，西奧知道他已經找到媽媽的離婚案件檔案。他迅速退出，回到螢幕保護程式，隨即起身，沒有碰觸任何其他東西。他深呼吸一口氣，轉動門把，幾乎能確定有人等著撲向他，然而外面風平浪靜，於是他趕快回到他的小辦公室，狗狗在那裡睡得很安穩，一切都很安全。

西奧知道「捷訊」帳戶會留下登錄紀錄，即星期五中午十二點十四分，從文森的電腦進入該系統。不過他認爲這件事短時間內不會引起注意，如果有人質問他，就一概不承認。畢竟這是星期五下午，無論是文森或他媽媽或任何人，都不大可能使用「捷訊」系統，也就是說，星期一早晨之前都不會有人使用，更重要的是，系統的登錄紀錄並不是什麼需要定期檢查的訊息。

雖然他的小小犯罪行爲目前看來似乎還算完美，西奧卻感覺糟透了，他在心中自我辯論，是否眞的要將密碼和代碼交給艾克，然而隨著時間過去，他愈來愈不想那麼做。鬼鬼祟祟地溜到文森辦公室、從他疏於防備的電腦裡取出這些東西是一回事，如果艾克眞的用來開啓那些檔案、尋找機密資料，那可是嚴重好幾倍的事。

他媽媽在接近下午一點時回到事務所，她買了午餐，於是全家聚在會議室裡一起用餐。

氣氛相當沉悶，除了西奧的麻煩，他們談論了很多其他事情。西奧咬著三明治，差點沒說出他背後的陰謀可能與媽媽負責的某樁離婚案件有關，但艾克叫他等等。

所以他忍住了。

西奧在他的辦公室裡勤奮地做功課，時而觀察時針緩慢移動著，這時電話對講機突然響起，艾莎的聲音傳來：「西奧，有個人說要見你。」

「是誰？」他嚇了一跳，很怕又是警察。

「一個朋友。」

西奧匆匆趕到事務所正門，看到葛瑞夫彆扭地站在艾莎的辦公桌旁；上次看到他是在昨天早上，照理說他現在應該也和西奧一樣正接受校長的停學處分。他們走進會議室，西奧隨手關上門，他們坐在沉甸甸的皮椅上，葛瑞夫環顧整個房間。「好酷的地方。」他問：「這是你的嗎？」

「我有時候會用這裡。」西奧說：「我在後面有個小辦公室。」

一陣尷尬的靜默之後，葛瑞夫問：「你爸媽對你大吼了嗎？」

「還不算太糟，你呢？」

「他們很不高興，我被罰禁足一個月，加上額外的家事，零用錢停發兩週，不過我想這樣還不算最糟的。」

「聽起來滿糟的。」

「聽著，西奧，我來這裡是因爲我爸媽要我爲了打架的事過來道歉，所以我道歉。」

「沒關係。」西奧說：「我也要向你道歉。那件事實在滿蠢的，你不覺得嗎？」

「是啊，滿蠢的，巴斯特的大嘴巴總是給他自己找來麻煩。」

「巴斯特也道歉了，我們就忘記這件事吧。」

「好。」又停了半晌，但葛瑞夫有其他事想說。「聽我說，西奧，謠言是說警方認爲是你闖入大麥克的店偷走一堆東西，然後部分贓物出現在你的櫃子裡，是這樣嗎？」

西奧點頭。

「其實我覺得這實在讓人很難相信，因爲我認爲你不可能做出半夜闖空門、偷東西這種事。你知道的，那不像你。」

「要是警察也知道就好囉。」

「如果你希望我這麼做的話，我可以去跟他們說。」

「謝啦。」

「總之，大麥克最近在店裡一直對別人說警方已經抓到小偷了，就是西奧．布恩，還說他們在你的置物櫃裡找到三台林克斯四號平板電腦，我想那傢伙也是個大嘴巴。」

西奧的肩膀下垂，眼睛望著窗外。「我想他是如此沒錯。」

「你想聽一件怪事嗎？我姊姊艾咪念十年級，她認識一個叫做班尼的傢伙，他不是男朋友什麼的人啦，只是個朋友。這個班尼認識一個叫做高迪的傢伙，高迪說幾天前在學校的停車場，有人要賣一台林克斯四號平板電腦給他，只要五十美元，全新未拆封。這種東西外面要賣四百美元，這傢伙竟然要以五十元脫手，怎麼想都覺得是贓物，對吧？」

「沒錯。」西奧說，他突然瞪著葛瑞夫。「他叫什麼名字？」

「我不知道，但我或許可以問到。總共有幾台四號被偷啊？」

「我不確定，不過我猜有三台以上，還有一些筆記型電腦和手機。」

「為什麼會有人把贓物藏在你的櫃子裡，然後通知警方呢？」

「這就是問題核心了，葛瑞夫，我們正在努力找出答案。聽著，黑市裡不可能有那麼多台失竊的四號機，我們得找出兜售的人，問到他的名字。愈快愈好。你可以問問你姊姊嗎？」

「當然可以。」

「那就請你幫忙了，葛瑞夫，而且要快。」

葛瑞夫匆匆離去，西奧則走回他的辦公室。停學處分讓人愈來愈覺得度日如年。

三點四十五分，媽媽准許他因為私人理由離開辦公室。西奧向法官道別後，踩著腳踏車

迅速離開。已經是放學時間，結束了這一天、也是這一週的課程，所以斯托騰堡街上隨處可見三三兩兩的孩子，準備享受這短暫的週末假期。西奧也很高興這個星期終於結束了；從星期一被劃破前輪胎開始，他就一路走下坡，他也很擔心，而且原因很明顯，如果找不到陷害他的人，那麼很快地，他的下一週會更慘。

盧威格少校在退伍軍人之家的地下室等候，這裡是童軍一四四〇小隊的基地。集會正式開始的時間是下午四點整，不過少校期待他的童軍小隊至少能提前五分鐘抵達；他鄙視遲到的行為，而且大家都知道，不管是為了什麼理由晚到，他會一視同仁地吼叫咆哮。西奧在三點五十七分抵達，他的同班同學布萊恩和愛德華已經到了，還有山姆、艾薩克和巴特三個七年級生，一共六名童軍報名爭取飛行榮譽勛章，而盧威格少校將擔任他們的顧問；他在海軍服役時，曾駕駛過戰鬥噴射機，目前在市立機場兼任飛行教練。

剛開始，西奧覺得在同班同學布萊恩和愛德華面前有點窘迫，他不知道自己應該覺得尷尬還是驕傲。他不在的時候，有多少八卦已經傳遍學校了？想必非常多。少校察覺到西奧的不安，於是立刻切入正題，開始討論他的計畫。

「這一定會很刺激。」他開門見山地說：「我的飛行年資差不多有四十年了，而我熱愛飛行的每一刻。我們將研究各種飛機，有活塞引擎飛機、渦輪螺旋槳飛機和噴射機，然後製造一個飛機模型，利用電池的動力攀升至六十公尺的高度，藉此讓你們學習飛行的基本原則，包括飛行速度、升高、拖曳、空氣動力學，還有飛行操縱裝置，如副翼、升降舵、尾舵。你們會學到如何閱讀航空地圖，以及如何運用很酷的模擬軟體，爲眞正的飛機規畫航線。我們將參訪斯托騰堡的機場，觀賞各式各樣的飛機，然後爬上塔台，觀看空中交通指揮員的現場示範。這裡的空中交通並不繁忙，但我們還是能從旁觀察指揮員如何處理各種事務。最後但也是最重要的，等到你打好了所有基礎，壓軸好戲就要上場囉，我們眞的要飛了。取得你們父母的許可後，我會帶你們登上我的小賽斯納教練機，一次兩個，爬升到一千五百公尺的高度，而且我會讓你們操縱飛機。我的手會放在控制儀器上，但你們能好好感受一下開飛機的滋味，我們會做翻轉、爬升、下降等動作。挑個晴朗的好日子，就能在空中鳥瞰這個我們居住的地方。兄弟們，你們覺得怎麼樣啊？聽起來好玩嗎？」

六名男孩都呆住了，全心嚮往他們即將展開的冒險。六個人全都急切地點頭，這一瞬間，西奧暫時忘了自己的麻煩。少校將飛行榮譽勛章的小冊子遞給他們，概略說明下週五前要完成的作業，接著他拿起一個巨型的飛機模型，那是他平常用來上飛行課的實品，開始描述飛機的各個部件。

夢想家西奧開始想像駕駛飛機有多酷，戰鬥噴射機和七四七客機，多棒的人生啊！先在戰地高空與敵機展開空戰，再轉任豪華商用機機長，開著飛機環遊世界。他一直希望能成爲律師，但現在法律界的吸引力大不如前，飛行員生涯似乎更加刺激有趣。

下午五點整，少校宣布集會結束，下次集會時，他希望看到所有作業整齊呈上。童軍們互相道別，少校等到人快走光了，突然說：「嘿，西奧，可以跟你談談嗎？」

「當然，少校。」西奧說。其他童軍騎著腳踏車離去，而西奧和少校站在門邊。

「這其實不關我的事。」少校說：「不過我聽說你最近的狀況不是很好，警方似乎因為一宗竊盜案在找你麻煩，西奧，我不是想打聽消息，只是純粹關心一下。」

西奧點點頭，他想了一會兒，覺得還是什麼都別說比較明智。然而現在網路上到處都是他的照片，他的名字與犯罪連結在一起，他已經被推定有罪，這個時候還避而不談，似乎顯得有點傻。「是的，少校。」他說：「現在看來我就是主要嫌犯。」

「所以你見過警方了？」

「很多次了。」事實上，西奧記不得有多少次。「他們不相信我，而且似乎拿定主意要起訴我。」

「真是太荒謬了，西奧。」

「我當然也是這麼想。」

「聽著，西奧，我在少年法庭擔任志工，如果一個小孩惹了麻煩需要志工協助，需要有人聽他說話、提供意見的時候，法院就會指派我去幫忙。當然他還是需要律師啦，不過你也知道律師有多忙，我和律師會一起盡力幫助這個孩子。我的重點是，我和少年法庭的兩位法官

很熟，我很願意為你出面，如果你同意的話，倒不是說要提供志工服務，因為你並不需要，我是說我可以私底下幫你去跟法官們談談。指控你入室偷竊的猜測實在太荒謬！」

西奧覺得自己喉頭哽住，但還是勉強吐出幾個字：「謝謝你，少校。」

「我知道你是清白的，西奧，我願意盡全力幫你。」

「謝謝。」西奧說，努力隱藏他激動的情緒。

第18章

少校握了握西奧的手，拍拍他的肩膀，把門關上。西奧到了外面，跳上他的腳踏車，正準備踩著踏板離去時，突然感覺哪裡不對勁，隨即發現他的前輪胎是扁的。

西奧彷彿感覺到腹部受到重擊，他不確定那是憤怒還是恐懼，或是兩者都有。他環顧四周，確認是否有人在觀察他，然後他盯著輪胎看，思考接下來該怎麼做，腦袋卻一片空白。他既憤怒又困惑，整個腦子糾結成一團。他緩緩下車，檢查前輪，那道小切口看起來還真是眼熟。

他決定不去打擾少校，於是開始推車穿越退伍軍人之家的停車場，再牽上人行道。他走著走著，思緒變得愈來愈清晰。有多少人知道他在星期五下午四點會參加這個榮譽勛章集會？他心中突然出現五個可疑對象，也就是其他的童軍，包括與他同班的布萊恩和愛德華，還有七年級的巴特、艾薩克和山姆。他們都把腳踏車停放在與西奧同排的車架上，而當他和少校談話時，儘管只是一眨眼的工夫，他們每個人都有可能拿小刀刺進他的前輪。

法律事務所距離這裡約十條街遠，而西奧已經疲憊不堪了。他撥打了爸爸的手機號碼，沒想到他竟然接了；伍茲．布恩很嫌惡他的行動電話，而且常常忽略它的存在。

「爸，是我。」西奧說。

「嗯，西奧，我還看得到這個小螢幕上的字。出了什麼事？」

「我的前輪又被割破了，扁平得幾乎是貼著地面了。我去退伍軍人之家參加少校的集會，出來之後就變成這樣了。」

「你在哪裡？」

「在班寧頓街上，靠近第十四街。」

「待在那裡別動，我十分鐘後就到。」

西奧坐在公車亭的長椅上，不良於行的腳踏車停在一旁。他在想布萊恩和愛德華這兩個人，他們倆都是出身好家庭的乖小孩，兩人的置物櫃都在西奧附近，但都沒有理由劃破他的輪胎、對他的窗戶丟石頭、闖入電腦用品店行竊，也不可能把贓物放進他的置物櫃裡；西奧把他們兩人都當成朋友。他和另外幾個七年級生並不熟，不過他們小隊裡的每個人都相處得不錯，這也是少校的堅持之一。山姆的爸爸是醫生，媽媽是牙醫，西奧無法想像他會做出有如流氓的行為。巴特的學業成績全拿A，而且他可能是全世界最善良的小孩。這五個人當中只有艾薩克．契爾有嫌疑，他安靜不多話，外表看來顯得悶悶不樂，時常有情緒困擾，他的頭髮留得有點長，而且喜歡聽重金屬音樂。契爾家有些狀況，他的一個姊姊曾因毒品被捕，他爸爸常處於無業狀態，還聽說他喜歡靠太太的收入過日子。

更重要的是，艾薩克有個念高中的哥哥。由於布恩偵探社成員一致相信攻擊西奧的人可能至少有兩位，艾薩克和他哥哥剛好符合這個設定。但跟之前一樣，篩選嫌犯時，西奧總是因爲動機不明而突然卡住，爲什麼艾薩克和他哥哥，或是其他任何人，要如此大費周章地毀掉他的人生呢？這一點道理也沒有。

布恩先生開著他的休旅車抵達。他打開後車廂，抬起西奧的腳踏車塞了進去，就放在他的高爾夫球具上方。原本充當隨扈的法官從前座被貶到後座，西奧則坐在前面，雙手交叉在胸前，眼睛直視前方，他們開車離去時，一路上都沒人說話，直到西奧發現他們不是在回家的路上。「爸，我們要去哪裡？」他問。

「去警察局。」

「喔，爲什麼？」

「因爲我想讓警探們親眼看到我們描述的狀況，有人跟蹤你，犯了罪還想嫁禍給你。」

西奧喜歡這個主意。他們把車停在警察局對面的街道上。「在這裡等著。」布恩先生說，然後他甩上門，大步走向對面的建築。接下來幾分鐘，西奧在跟法官說話，試著解釋這個狀況給牠聽，但法官顯得很困惑。布恩先生領著佛蒙警探前來，他打開後車廂，將腳踏車移到保險桿上，西奧下車參與他們的對話。

「看看這個。」布恩先生語氣堅定，他舉起前輪，並指向輪胎側壁的破洞。「這是本週第三次了。」

佛蒙探頭靠近看，摸摸輪胎，然後說：「這絕對是蓄意破壞。」

「毫無疑問。」布恩先生回答。

「這是在哪裡發生的？」佛蒙問。

「在退伍軍人之家外面，上週二後輪也是在那裡被戳破的。」西奧說。

「我應該怎麼做呢？」佛蒙問。

布恩先生將腳踏車推回車廂，砰地關上後門。「你應該明白，那個劃破輪胎還對我們辦公室丟石頭、砸破窗戶的人，就是想將竊盜罪嫁禍給我兒子的同一人。你應該明白這點。現在你該領悟到，調查和指控西奧犯罪根本就是浪費時間。」

給他好看，爸，西奧幾乎要叫出聲。

「你怎麼能確定這些罪行都有關聯？」

「我向你保證，它們絕對是有關係的，如果到現在你還是不明白，就更不可能去查明闖入電腦用品店的犯人究竟是誰了。想浪費時間的話就隨便你，不過請你離我兒子遠一點，他是無辜的。」

「喔，那是當然，不過你畢竟是他父親，對吧？」佛蒙提高音量說，明顯被激怒了。「每一位父親或母親都對我發誓，說他們的寶貝孩子是無辜的，我還眞想從他們每個人那裡索取一美元呢。警方會負責調查案情的，布恩先生，你的協助我們心領了。而現在開始，除非我們發現相抵觸的線索，要不然你兒子仍舊是主要嫌犯，所有證據都指向他。」佛蒙憤怒地指著西奧，然後轉身離去。

開車離開時，西奧感覺比之前還糟，他猜想他爸爸也是如此。吉爾車行已經打烊，於是他們掉頭回家。

「你明天要去打高爾夫嗎？」布恩先生問。

「當然。」西奧說，卻一點也提不起勁。

「聽說會下雨。」

「嗯，我想肯定會。」何不讓糟糕透頂的一週以豪雨和一局泡湯的高爾夫球做結束？

星期五晚上，布恩家通常會造訪馬洛夫餐廳，那是一家黎巴嫩餐廳，供應美味的海鮮料理，但不管是西奧也好、他爸媽也罷，誰都沒有心情享用美食。他們對這漫長且不尋常的一週感到很厭倦，如影隨形的焦慮打壞了他們的心情。三天以來，西奧想的全是遭到誣陷以及逮捕的事，或許還會被送進某種爲少年犯準備的監獄設施。他知道父母的心裡比外表看來還擔憂許多，最近一次的輪胎事件讓他們更加心神不寧。

吃了三明治、喝了一碗湯之後，西奧起身回房間。艾克下午傳了三次簡訊給他，想知道他是否已經取得事務所數位資料系統的密碼。西奧還沒有回覆那些訊息，他不想逼自己違反公司的不成文規定。從文森電腦裡竊取密碼的確是不誠實的行爲，這讓西奧覺得心情很沉重，倘若把密碼交給艾克，只會加重他的罪惡感。但換個角度想，西奧已經厭倦被追著跑、厭倦成爲某人精心策畫陰謀下的受害者，現在是反擊的時候了。警方似乎決心要逮住他。時間一分一秒過去，情況對他愈來愈不利，再過不久，事情就會變得更糟。

他回電話給艾克，他還在辦公室。

「也該是時候了。」艾克忿忿地說：「你弄到密碼了沒有？」

「嗯，我拿到了，但是你得說服我，告訴我這麼做是對的。」

「西奧，我已經跟你說過了，我們並沒有違法，只是偷看一下，如此而已。你不妨這麼想，西奧，你可以在布恩&布恩法律事務所的各個辦公室裡自由進出，因此可能瞄到各種檔案，對不對？」

「對。」

「這是一間法律事務所，桌上堆滿了檔案，櫃子裡塞滿檔案，會議室裡也遺留著一些檔案，敞開的公事包裡也有檔案，成堆的檔案有待整理。檔案，檔案，到處都是檔案。西奧，現在你告訴我，你可曾拿起其中一個檔案翻閱過嗎？」

西奧稍微遲疑了一下，然後說：「有。」

「你當然這麼做過啊，而且並不違法。你沒有違反任何倫理原則，因爲你還不是律師，你只是好奇，如此而已，只是想偷瞄一眼罷了。西奧，我們現在要做的也只是這樣，偷瞄一眼。事務所裡的部分檔案目前儲存在數位資料庫裡，方便內部成員取用。這些一模一樣的檔案也以紙本形式存放在事務所裡，就和你之前偷瞄的檔案相同。」

「這個我懂，艾克，但感覺這麼做就是不對。」

艾克沉重的呼吸聲從話筒裡傳來，西奧準備好應付另一波凌厲的攻勢，艾克卻只是平靜地說：「西奧，我現在是試著想幫你。不然你這麼想吧，我們要尋找的資訊只會在我們倆之間交流，不會對任何人洩露客戶的機密，客戶的隱私絕不會因此而被侵犯。我們只是試圖解決一樁神祕事件，而且如果成功的話，沒有人會知道我們曾經偷瞄過任何檔案的。」

「但如果你進入那個數位資料庫，就會留下一筆登錄紀錄啊。」

「不用擔心啦，西奧。我會使用一個無法追蹤的加密代碼，這種事我比你專精，我可不是對科技一無所知的怪老頭喔，西奧。」

「我沒說你是。」

「而且我猜，他們大概一年只檢查一次登錄紀錄，對吧？」

「也許吧。」

「西奧，告訴我密碼。」

「Avalanche88TeeBone33。」

「將字母拼出來。」

西奧逐字拼出密碼，接著說出帳號代碼。

「做得好，西奧，那我要動工了。」

西奧在床上伸展身體，瞪著天花板。艾克很聰明，而且曾經是傑出的律師，可是他常常冒出一些奇怪的想法。他認爲西奧的麻煩導因於他媽媽某一樁複雜的離婚案，這個推測感覺頗爲牽強，但至少他有個看法。西奧還在思索關於艾薩克．契爾的事，他想得愈多，就愈覺得那個孩子不可能是眞正的犯人。

西奧傳簡訊給葛瑞夫：你知道那個兜售四號機的人叫什麼名字了嗎？

他等了十分鐘，然後關閉手機電源。

第19章

星期六早晨，外面響起雷聲，伴隨雨水打在窗戶上的叮咚聲，西奧在這些聲音中醒來。他緩緩下床，從窗簾之間向外窺探，後院已經出現一個個水窪。高爾夫球告吹了。法官跟著他下樓，他爸媽已經在廚房裡忙著準備鬆餅和香腸，當然啦，還同時討論著今天的天氣。西奧從來無法理解為什麼大人要花這麼多時間在天氣這個主題上，這點他們就是改變不了。

整個鎮上因爲彼得·達菲的新聞而鬧得沸沸揚揚，他出現在芝加哥的歐海爾國際機場，企圖以現金購買飛往墨西哥市的單程機票，卻因爲工作人員發覺他的假護照有異而延遲。那名地勤人員向上級報告時，達菲從機票櫃檯逃離，消失在人群之中。聯邦調查局從護照上採集到一枚指紋，因而確定了他的身分，還分析了錄影畫面。斯托騰堡的地方報紙頭版刊登達菲的照片，西奧根本看不出來那是他，他頭戴某種貝雷帽、粗框眼鏡，蓄著鬍子，還留著一頭近乎白色的金髮。

「聯邦調查局有一種新科技能強化照片中的臉部特徵，因此可以看見裸眼看不到的東西。」布恩先生解釋，彷彿對聯邦調查局的科技瞭若指掌。西奧坐在桌子旁吃著鬆餅，也餵了法官吃一點，他盯著彼得．達菲的黑白照片看，暗自感謝這個男人再度成為新聞話題，或許這會重新燃起鎮民對彼得．達菲的興趣，而暫時忘卻另外一名罪犯——西奧．布恩。

「真不曉得他這週人都在哪裡？」布恩太太問，她一邊喝咖啡，一邊讀著訃聞。

「忙著換造型吧，我猜。」布恩先生回答，「做頭髮、修鬍子，但怎麼會想到貝雷帽呢？拜託，在歐海爾機場戴那種帽子走來走去只會引人側目。」

「看起來真不像彼得．達菲。」西奧說。

「是他沒錯。」布恩先生說得很肯定，「他改變外貌，弄到一點現金，買了新的身分文件，不過肯定品質不太好，他差點就逃走了。」

「我也想逃走。」西奧說。

「西奧。」布恩太太說。

「是真的，媽，我想從這裡溜走，去某個地方躲起來。」

「一切都會沒事的，西奧。」布恩先生說。

「哦，是嗎？你怎麼知道呢？警方緊迫盯人，準備隨時把我拖進少年法庭。還有跟蹤狂對我窮追不捨，拿著刀跑遍大半個城市，準備隨時劃破我的輪胎，當然囉，爸，這一切都會很棒的。」

「放輕鬆點，西奧，你是無辜的，他們最後會證明你的清白。」

「好，爸，那我問個問題。你認為搶了大麥克的人，和破壞我的輪胎、丟石頭、在網路上散布垃圾訊息的人是同一人所為嗎？」

布恩先生嚼著嘴裡的一口香腸，幾秒鐘後說：「我相信是。」

「媽呢？」

「我也這麼相信。」

「那就有三個人這麼想了。對我而言，這再明顯不過了，可是我們為什麼沒辦法說服警方呢？」

「我想我們可以的，西奧。」布恩先生說：「這宗侵占竊盜案還在調查階段，我信任警方，我認為他們一定能夠逮到犯人的。」

「這個嘛，我想他們已經決定犯人就是我，那個叫佛蒙的傢伙認為我在說謊，我不喜歡他，他讓我渾身不舒服。」

「會沒事的，西奧。」布恩太太說。她拍拍兒子的臂膀，然後西奧看到她瞥了爸爸一眼，他們倆對看了差不多一秒鐘，但那絕不是自信的眼神；爸媽和他一樣擔心，或許還更擔心。

早餐過後，西奧和爸爸開車到吉爾車行更換新輪胎。應布恩先生的請求，吉爾走到店後方，找出之前那兩個毀損的輪胎，他將輪胎交給布恩先生，現在總共集滿了三個破輪胎。布恩先生付了第二和第三個輪胎的款項，再加上西奧來換第一個輪胎時所賒欠的八十美元。吉爾向他們保證，最近鎮上並未流傳大規模的破壞輪胎事件；事實上，這個禮拜他只遇到三次，全都發生在西奧身上。

腳踏車店外，大雨已經暫歇，但天空仍然一片陰霾，露出要轉壞的樣子。一時間，西奧和他爸爸開始討論是否要開車到高爾夫球場，在那裡等候天氣變好。不過他們又想到球場到處都會溼答答，而且即使上午眞的對外開放，必定會湧進大批球友。西奧知道，擁擠的高爾夫球場比什麼都沒有還要糟糕，後來父子倆一致認爲那不是個好主意。

這天早上，艾克傳了兩次簡訊，要求和西奧碰面。西奧回到家後，就在屋子裡晃來晃去，觀察天氣。一個小時後，他宣布說這實在太無聊了，並對爸媽說明艾克邀他共進午餐的事。得到父母的首肯後，西奧立刻踩著腳踏車出發。

艾克看起來比平常還糟，他的雙眼充血浮腫，黑眼圈也出現了。「我熬夜了一整晚。」他說，西奧拿了一張椅子坐下。「連瞇一下都沒有，整個晚上都在讀離婚檔案，而且西奧，你知道嗎，世界上需要離婚的悲慘傢伙還眞多哩，我這輩子從來沒這麼沮喪過。我不知道你媽媽怎麼能夠一星期五天都在處理這些事，妻子指控丈夫各種可怕的行爲，丈夫又指控妻子更可怕的事。爲了搶奪房子、車子、銀行存款、家具，他們簡直是要把對方的眼珠子都挖出來了。噢，一旦提到孩子，那簡直比在競技場格鬥還要可怕。西奧，這是嚇死人的玩意。」

西奧只是坐著靜靜地聽。艾克情緒激昂，很可能又是喝了太多咖啡，再加上一小瓶他的強力提神飲料。他繼續：「所以我依舊相信我的推測，你呢？」

「當然，艾克，那是目前最可信的說法。」

「謝謝你。」

「他們昨天又劃破我的輪胎，在退伍軍人之家那裡。」

艾克停了半晌，思索這件事，接著很快地喝了一口咖啡。「我們非得抓到這些傢伙不可。」

「艾克，警方不相信我。」

「我們必須加快速度。」艾克拿起他的筆記本翻了好幾頁。「我找到兩件我們應該深入調查的案子，兩件都是在『加密案卷』裡很不堪的案子，當然，這代表法院已經把這個檔案列爲不公開，所以只有負責的律師才能瀏覽案情。第一件案子是關於洛克華斯夫婦，我不打算用細節折磨你，不過我可以肯定地說，洛克華斯先生不喜歡你媽媽。這個案子牽涉到兩個孩子，雙方爲了監護權爭執不休，也都很擅長證明對方是不適任家長。在一陣纏訟之後，洛克華斯太太取得了監護權，而洛克華斯先生則享有探視的權利，雙方目前都在接受心理諮商。法官要求洛克華斯先生要支付一萬八千美元的訴訟費用給布恩&布恩法律事務所。你認識叫做洛克華斯的人嗎？」

「不認識，那兩個小孩幾歲？」

「一個十二歲的男孩，就讀中學七年級，還有一個十五歲的姊姊，他們倆都明確表示想跟父親同住。這家人幾年前才搬到這裡，也難怪你沒聽說過他們。」

「這是你的頭號嫌疑犯嗎？」

「噢，不，只是一種可能性而已。我還有一組更好的嫌犯：好鬥的芬恩家族！他們的離婚官司距離結束還早得很，下次開庭訂在下個月，這對夫妻散盡家財，為的就是證明對方是更可惡的渾蛋。芬恩太太的精神狀態不太穩定，曾經住過精神病院；芬恩先生則既好賭又貪杯中物。雙方都具備各種惡習。他們有三個孩子，最大的是十八歲的女兒，她早已經離家；另外兩個分別是十二歲和十四歲，都是男孩，而且都很不喜歡自己的媽媽，當然，這個人也就是你母親的客戶。這裡有深不見底的仇恨，西奧，至少可以說芬恩先生和那兩個男孩極度厭惡你媽媽以及任何叫做布恩的人，這樁離婚官司已經打了超過一年，雙方關係惡劣透頂，這些人已經把自己逼瘋了。」

「那兩個男孩叫什麼名字？」

「約拿．芬恩，十二歲，七年級；傑西．芬恩，十四歲，九年級。」

西奧閉上眼睛，試圖在腦海中找出對應這些名字的面孔，但他找不出來。「不認識他們。」

「我以為你在學校非常受歡迎，西奧，你都不認識嗎？」

「我是八年級學生，艾克，我們不大跟七年級的打交道，七年級的也不跟六年級的打交道，以此類推。我們有不同班級、不同課程表。你知道這兩個傢伙多少事？」

「只有基本資料，多的沒有，至少對較小的那個了解不多。法庭指派一位監護人維護他們的權益，而這兩個男孩都表達與父親同住的強烈意願，他們的媽媽透過她非常優秀的律師，卻表示男孩們之所以想和爸爸住，是因爲他讓他們隨心所欲，包括抽菸和喝啤酒。你可以想像一個七年級的孩子跟著爸爸在家裡隨意喝啤酒嗎？」

「不，我無法想像。這兩個孩子可能是狠角色，對嗎？」

「他們的生活很辛苦，四處漂流，老是在搬家和轉學，幾乎居無定所。嗯，我想這兩個男孩都是自己照顧自己。去年傑西因爲持有大麻被捕，移送到少年法庭，結果獲得假釋。三個月前，兩兄弟被送到領養家庭，當做是某種官司結束前的庇護所，要一直待到離婚案結束，可是他們一直逃走。目前爲止，他們和媽媽一起住，但他們媽媽在醫院値夜班，我懷疑這樣如何監護孩子。西奧，雖然狀況錯綜複雜，這兩個男孩是我們的主要嫌犯，每個條件都吻合：二人組，痛恨你媽，有動機把氣出在你身上，再加上闖入電腦用品店並行竊的犯案能力。我們有必要調查他們。」

「我想我媽不曾經手過一對契爾夫婦的離婚案吧？」

艾克看著他的筆記，翻頁後說：「沒有紀錄。爲什麼問這個？」

「只是有種預感，我認識一個童軍小隊的隊員，感覺跟其他人不大一樣，就這樣。」

「沒有相關的檔案。」

一陣靜默，西奧和艾克就目前的情勢各自思忖著。艾克灌下一大口咖啡，而西奧則盯著地板看。最後，西奧說：「我得跟你談談我朋友葛瑞夫。」於是開始說起葛瑞夫的姊姊艾咪、艾咪的朋友班尼、班尼的朋友高迪，以及高迪在他們高中停車場所發生的插曲，他遇到某個不知名的學生，對方想賣出一台全新的林克斯四號平板電腦，出價五十美元。一聽到這個，艾克充血的眼睛突然亮了起來。

「這可能是個關鍵線索，西奧。」他說。

「如果那個想賣電腦的人是傑西．芬恩呢？」西奧問。

「你一定要讓這筆交易發生，西奧。」

「可是要怎麼做呢？」

「如果我們能夠弄到一台失竊的平板電腦，就可以直接拿給警方，讓他們去調查註冊序號。假如是從大麥克店裡流出的，那麼警方就會轉移目標，不再死咬著你不放，改去捉拿芬恩那兩個小壞蛋了。」

艾克從褲子背面的口袋裡掏出皮夾，他拿出一些現金，數了兩張二十元、一張十元鈔票。「這裡有五十元，放進你的口袋裡，去找葛瑞夫，要他去和他姊姊談談。一定要這麼做喔，西奧。」

西奧收下錢，塞到口袋深處，然後坐下說：「但如果這個不成功呢？萬一那個叫做高迪的男孩不想與贓物扯上關係，又或者那傢伙已經把東西賣給其他人了呢？」

「我們不試試又怎麼會知道。去做吧，西奧，把這件事做好，同時去打聽所有關於約拿和傑西·芬恩的事。」

「謝謝你，艾克。」

「別擔心我潛入你媽媽的資料庫，如果眞是那兩個芬恩小子做的，如果我們能解決這個小小的神祕案件，我會去找瑪伽拉和伍茲談談這件事，並承擔起所有責任。相信我，我做過更糟的事。」

「謝謝你，艾克。」

「你剛剛已經說過啦，現在快滾吧。」

「那午餐怎麼辦？」

「我不餓，可是很睏。一會見啦。」

第20章

雨已經停了，但天色還是讓人不放心。西奧穿越小鎮朝李維公園前進，它位於斯托騰堡東側邊緣的揚希河河堤上。他瘋狂踩著踏板，暗自期盼著農人市集並未因下雨而取消，因為他很好奇後來駱馬露西怎麼樣了，牠是否再次攻擊霸克．唬爛的？或者牠對霸克的跟班法蘭奇展開攻擊？他，西奧．布恩，會不會被迫再度出席動物法庭，拯救佩突尼雅女士鍾愛的寵物呢？

市場仍在營業中，許多小販擠在十個棚頂下方，顧客們拎著購物袋和雨傘穿梭其間。地面泥濘潮溼，每個人的鞋子或靴子的鞋跟都沾上了至少約三公分的泥巴。露西站在佩突尼雅女士的攤位旁邊，全身溼淋淋卻一點也不以為意。牠看起來溫和無傷害性，兩個小孩停下腳步，傻呼呼地盯著牠看。走道對面出口的另一側站著一個身穿棕色制服的小個子男人，他一邊吃爆米花，一邊跟賣大熱狗的女士交談，西奧猜想他就是法蘭奇。霸克則完全不見蹤影。

西奧向佩突尼雅女士打招呼，她很高興見到她的律師，熱情地擁抱他，對他在法庭上優異的英勇行為再度表達謝意，然後她開心地報告說，這天早上到目前為止，露西都很遵守規矩，而那兩位警衛先生也是。露西沒有亂吐口水、追著人到處跑，做出此類不尋常的舉動，也沒有任何人抱怨。

隔壁攤位展示著由梅．芬摩親手製作的羊乳酪，她正坐在一張折疊椅上織東西，而她那隻名叫青蛙的蜘蛛猴懸吊在用來支撐棚頂的支柱上。爲什麼蜘蛛猴要取名爲青蛙呢？沒有人能對西奧好好解釋這點，他問過愛波，而且不只一次，她的答覆卻總是：「我媽就是這樣啊，西奧。」也就是說，梅．芬摩所做的事大部分都沒有道理可言，西奧盡量迴避那個女人，但今天不成。梅起身，給了西奧一個彆扭的擁抱，然後說：「愛波也來了。」

「她在哪？」西奧問，能看到愛波眞好。愛波很鄙視這個市集，很少和她媽媽一起來這裡兜售她那可怕的乳酪。西奧嘗過幾次，現在只要一看到那玩意或聞到味道就想吐。

「她到那邊去了。」芬摩太太說，指著某一排攤位。

「謝啦。」西奧說，然後盡速離去。他一邊留意霸克的身影，一邊走過十多家攤販，他們大部分都在重新打包沒賣出去的貨品，準備打烊。愛波站在一個超迷你的攤位旁，這攤位的主人是個蓄著鬍子的老先生，正用鉛筆速寫坐在小箱子上的少女；只要十塊錢，「畢卡索先生」就能在十分鐘內完成你的肖像畫。他在現場展示了十幾幅作品，包括搖滾樂手貓王、西部片明星約翰．韋恩等。

西奧走到愛波身旁說：「嗨。」

「哈囉，西奧。」她微笑，然後轉身端詳他的臉。「我以爲你的嘴唇被打腫了呢。」

「是沒錯，現在已經消腫了。」

她對他的傷口感到很失望。「停學處分感覺怎麼樣了？」

「沒人家說的好，事實上還滿無聊的，我甚至開始想念學校了。」西奧緩緩踱步離開。

「你在這裡做什麼？」他問。

「我媽求我今天跟她一起來，她說要是露西又開始對人吐口水，我們需要更多證人，但到目前爲止，露西似乎沒有那股衝勁。你又在這裡做什麼？」

「我來確認露西的狀況，看看是否需要我再去一趟動物法庭。我們可以私下談談嗎？」

「當然囉。」愛波是個安靜的女孩，深知保密的重要性。她的家庭生活一團糟，因此常對西奧傾訴心事，而西奧也總是關切地聽她說，現在換她聆聽了。他們坐在冰淇淋攤附近的小桌子旁，西奧確定沒人能聽到他們的說話時，才對愛波吐露一切。

冰淇淋小販正在收攤，包括那張小桌，於是他們又開始走動，緩緩地朝市集前方漫步。

「這實在太糟了，西奧。」她說：「我無法相信警方竟然指控你。」

「我也覺得難以置信，但我猜我看起來罪嫌重大。」

「你爸媽怎麼想？」

「他們很擔心，我總覺得，我不在時他們應該討論過很多次。你知道爸媽都是那樣。」

「不盡然，你爸媽很正常，西奧，我的卻很不一樣。」

西奧不知道該不該回應。

「而艾克認爲這可能和一樁不愉快的離婚官司有關？」

「對，那是他的推測，而且是個滿好的想法，其他的都不成立。」

「我有點認識約拿·芬恩。」

「眞的嗎？」

「不是很熟，只是有點。」

「那我的探子對他有什麼看法？」

她邊走邊想，然後說：「他是個麻煩，獨來獨往，不適應學校，他很聰明，成績卻很差。我想他的家庭和我的一樣不堪一擊。」

「你怎麼知道的？」

「他們班上有個傢伙叫做羅得尼·塔帕史考，就住在我家對面，他和約拿常常在一起玩。你認識羅得尼嗎？」

「我知道他是誰，但我不認識他。他就是那個鼓手嗎？」

「他想成爲鼓手，從對面都聽得到他在練習。」

「你可以跟他談談嗎？」

「談什麼？」

「談約拿．芬恩啊。我需要知道所有關於這孩子的事情，目前他只是我的嫌犯之一，所以我需要更多資訊。」

「我會盡我所能。」

「還有，愛波，這是最高機密，絕對不能被人發現我在到處打探，而且我們無法以任何罪名指控任何人。這個嘗試風險很高，你懂嗎？」

「了解，西奧。」

除了愛波，西奧信得過的朋友還有伍迪．藍柏和雀斯．惠普兩人。西奧佯稱他們三人必須在這飄著雨的週六午後進行化學課的某個報告，然後說服他的兩個朋友碰面以集思廣益。

事實上，西奧死也不會想跟雀斯在化學實驗室裡搭檔工作；雀斯是個無比聰明的瘋狂科學家，有一連串實驗失控的不良紀錄，起火、爆炸他都經歷過，只要他在，沒有一個實驗室是安全的，他目前被禁止涉足學校實驗室，除非有老師從旁監督。伍迪對數學和科學都不感興趣，不過在歷史與公民兩個科目上表現優異。

他們在惠普家地下室的遊戲間碰面，玩了半小時桌球後，他們坐下來談正事。當然，首先要重現那天的打架畫面，雀斯從未因爲氣憤而對誰揮拳，卻在現場直擊了整個打架過程，看得興奮不已，伍迪說他媽媽對他大吼，然後開始大哭，他爸只是聳聳肩說：「男孩就是男孩嘛。」

西奧要他們發誓保密，甚至要求他們舉起右手承諾絕不洩露一字一句，等他滿意了、覺得他們已經取得他的信任後，便將故事全盤托出，每一環節都不放過，包括被劃破的輪胎、被打破的窗戶、被入侵的置物櫃，還有他被栽贓、後來與警方碰面等等，一切的一切。接著西奧轉移話題到艾克和他的新發現，不過他並未坦白說出從文森電腦裡取得密碼的事，只是描述艾克如何從事務所的離婚檔案中找出可能的犯人。

「太厲害了。」伍迪說。

「這很合理。」雀斯加上一句，「幕後的黑手是某個很恨你的人，你卻從來不知道。」

西奧表示同意，然後談起芬恩家的兩個男孩和他們父母不堪的離婚官司。

「我哥哥念十年級。」伍迪說：「我想他或許認識傑西．芬恩。」

「我們得查個徹底。」西奧說：「現在的目標就是要找出一切與這兩個傢伙有關的事。」

雀斯離開地下室，到樓上去拿他的筆記型電腦。伍迪拿出手機，打電話給他哥哥東尼，卻轉接到語音信箱。西奧打電話給葛瑞夫詢問現況，他回報說目前沒有斬獲，仍然不知道那個試圖兜售黑市四號機的九年級學生是誰，但葛瑞夫保證他會繼續努力。

惠普太太也是一位律師，還是布恩太太的好朋友。她拿著一盤餅乾和一盒牛奶下樓來，問他們化學報告進行得如何，三個人都說他們對目前的進展感到很興奮。她離開之後，雀斯開始瀏覽斯托騰堡高中的網站，幾分鐘後他說：「學校裡有三百二十名九年級學生，猜猜看有多少個人叫傑西？」

「四個。」伍迪說。

「三個。」西奧說。

「兩個。」雀斯說出正確答案，「傑西．芬恩和傑西．努梅爾。我們需要葛瑞夫提供那個人的名字。」

「我已經在試了。」西奧說。

「葛瑞夫，」伍迪咬牙切齒地說：「那小子下次在校外被我逮到的話，不揍他一頓才怪，沒想到他竟敢從背後偷襲我。可惡的渾球！」

「算了吧。」西奧說：「畢竟現在葛瑞夫也站在我們這邊，更何況他已經道歉了，巴斯特也是。」

「巴斯特沒有對我道歉，我現在眞想看看他的眼睛，大概又青又紫吧。」

雀斯用 Google 地球軟體輸入芬恩家在艾吉柯街上、接近斯托騰堡學院的住址，他把畫面放大，說：「這是他們家。」西奧和伍迪都擠在雀斯背後，三個人盯著螢幕看。芬恩家是一棟兩層樓的白色建築，那條街上有好幾棟類似的住宅，看起來沒什麼不對勁或特殊的地方。後院有個小水池，柵欄邊上蓋了一間儲物小屋。知道這些資訊是不錯啦，但沒什麼實際價值。

西奧口袋裡的手機發出震動，他猛地把它拉出來，打開手機蓋，看著螢幕說：「是葛瑞夫打來的。」

葛瑞夫告訴西奧，他姊姊終於找到班尼了，然後班尼打電話給高迪，而高迪很不情願地說出兜售四號機的人叫做傑西什麼的，高迪不知道這個人姓什麼，也表示眞的和他不熟。葛瑞夫向西奧保證，他姊姊絕對沒有洩露他們詢問的動機，西奧也再次強調保密的重要性。

「現在事情有點眉目了。」伍迪說。

「爲什麼我們不報警？」雀斯問：「讓他們去找這兩個九年級的傑西來談談，弄清楚到底是哪個人想賣電腦。」

「現在還太早。」西奧說：「假設是傑西．芬恩，警方接近他的時候，他會怎麼做呢？承認他藏著好幾台失竊的電腦和手機嗎？還是跪下來招認一切？絕不可能。他只會否認一切，而假設警方在他的背包裡找不到任何贓物，他們也束手無策，這樣只會打草驚蛇，結果什麼也找不到。」

「西奧說得對。」伍迪附和。「我們得從他那裡買過來，再交由警方確認註冊序號。」

「我們要怎麼買呢？」雀斯問。

「這是個關鍵。」西奧說：「首先，我們從高迪那裡下功夫，如果他同意幫忙，就由他釣出傑西．芬恩，然後買下那台平板電腦。」

「我不認識這個高迪。」伍迪說：「但我覺得他不至於那麼笨，怎麼會有人願意淌這個渾水？總不能要他去買一台可能是贓物的平板電腦，然後交給我們、再送到警察局吧？」

「他不會有麻煩的，」西奧說：「因爲他是在幫忙破案。」

「我可不這麼想喔。」伍迪說。

「我同意伍迪的說法。」雀斯說。

「那你哥哥東尼呢？」西奧問。

「你確定他不會惹上麻煩？」

「我百分之百肯定。如果他協助警方找到贓物，他們只會感謝他，拍拍他的肩膀表示鼓勵。我剛好很懂法律，還記得嗎？」

「怎麼可能忘得了啊。」雀斯說。

「嗯，你也知道，要東尼做什麼都沒問題，他是個笨蛋，而且超喜歡管別人閒事。這個主意不錯，西奧，不過要從哪裡弄來五十元？」

「已經到手了。」西奧說。

伍迪看著雀斯，雀斯說：「怪了，我怎麼都不驚訝呢？」

「再打電話給他。」西奧說。

伍迪拿出手機，微笑地等著對方接電話，然後說：「嘿，東尼，是我。」他們交談了幾分鐘，伍迪沒提到他們想請東尼幫忙的事，只是解釋他們需要從一個叫傑西．芬恩的九年級學生那裡弄到一點情報。東尼並不認識他，但表示他會開始打聽。

接下來半小時，這個三人幫不停地腦力激盪，討論該如何逮住芬恩小子們，他們兩人無疑地現在已經被推定爲有罪。雀斯從學生名冊上找到他們的照片，將臉部放大列印出來。西奧盯著兩人的照片，很確定自己從未見過他們。傑西．芬恩有臉書網頁（約拿則沒有），雀斯大致瞄了一遍，沒有發現什麼有趣的訊息，對他們尋找線索毫無助益。伍迪在沙發上躺成大字形，一邊拋接桌球玩，想起了一件事。「你們知道嗎，這其實完全合理，我有兩個住在巴爾的摩的表親，去年他們的爸媽鬧離婚，過程超慘烈的。我記得他們倆都在批評爸爸那邊的律師，他們眞的很恨那個傢伙，而我猜那個人也不過是做他該做的事情而已。西奧，你媽會擔心這種事嗎？」

「我相信她會擔心的，只是她從來不提。」

「那是她的工作。」雀斯表示。這位也是律師的兒子。

第21章

星期日早晨，西奧在教堂裡，坐在父母中間聆聽朱得．寇克牧師講道，但這眞是個大挑戰。命運的捉弄下，講道主題是行竊之惡，西奧覺得彷彿是在針對他。在禮拜儀式的音樂開始之前，他已經被賞了好幾個白眼，菲莉絲．松貝瑞太太經過他們坐的長椅時，還不經意說出他們都在「爲西奧祈禱……」，西奧聽了差點沒衝出教堂。松貝瑞太太是老教友，也是可怕的長舌婦，西奧的父母很想告知她西奧沒事，但他們設法壓抑住這股衝動。把你的祈禱留給那些眞正需要的人吧。

西奧很喜歡寇克牧師，因爲他年輕有活力，講道內容點綴著小幽默，而且簡潔有力，感謝上帝。在他之前的牧師被稱爲「老派特」，主持這個教會長達三十年，講道技巧卻糟糕透頂，西奧心裡這麼認爲，老派特的主日講道又臭又長，只消幾分鐘，就能讓最虔誠的信徒陷入半昏迷狀態。寇克則深諳精簡的藝術，他到這間教會赴任的時間並不長，卻已經深得民心。

今天他講道的重點是人們行竊的方式有好幾種，但不論哪一種，在上帝眼中都是錯的。摩西揭示的第八誡爲「不可偷盜」，當然這意謂著竊取別人的東西是錯的。寇克延伸這個概念，提出其他形式的竊盜也同樣不可為：從上帝、家人或朋友那裡竊取時間，或者因壞習慣而導致健康的身體這項上天賜予的禮物遭竊取，諸如此類。聽起來相當讓人困惑。西奧很快就進入恍惚狀態，接著開始思考芬恩兄弟的事，特別是他們三人幫該如何弄到那對兄弟可能有意脫手的贓物。

西奧非常肯定，等會一上車爸爸會問的第一件事就是：「西奧，你覺得剛剛的講道如何？」就只是為了這個理由，西奧拚命集中注意力。

西奧環視四周，發現自己不是唯一開始神遊的聽眾。這場講道並不理想，他的心思又飄走了，他自問坐在他周圍的這些好人家，假如「可愛的小泰迪．布恩」被捕、送到少年法庭受審，他們會做何反應？還有，如果他被關進少年拘留中心，從此無法每週來教堂做禮拜，他們又會怎麼想？

一想到這些，西奧感覺糟透了，雖然再度嘗試專心聽講，但他的心已是脫韁野馬。他開始侷促不安，他媽媽因而用力抓了一下他的膝蓋。西奧看看手錶，指針彷彿已經停止不動。

今天是這個月的第二個星期日，這引起了布恩一家人不愉快的情緒；第二個星期日代表西奧和他父母離開教堂後不會直接回家，無法像其他週日那樣，吃吃三明治當午餐、讀著報紙的週日特刊、收看電視球賽轉播、睡個午覺，大致上過著休養生息的半日時光。噢，不，每個月第二個週日根本沒辦法這麼愜意地度過，這天發展成一種可怕的儀式，因此西奧總是對他爸媽冷言冷語；布恩家和其他三個家庭之間有個傳統，在每個月第二個週日輪流到各家吃早午餐，這表示西奧必須與一群大人坐在長桌上用餐，並且聽他們無止境地談論無聊的話題。西奧的父母很晚才有孩子，也就是說，他顯然是這個週日早午餐儀式中最年輕的成員。

最年長的則是克米特·拉斯克，他是一位退休法官，也是教會的老教友，充滿智慧與幽默感。他年近八十，他的夫人也差不多歲數，孩子們早已離巢。這次的早午餐會輪到拉斯克家主辦，他們的老房子擁擠而凌亂，就西奧來看，這裡需要好好整修門面，然而他的意見在這些讓人難以忍受的餐會中並不受到重視。

上車後，布恩先生果然提出他每週日必問的問題：「西奧，你覺得剛剛的講道如何？」

「很無聊囉，你也知道。」西奧立刻回嘴，他已經不爽很久了。「我睡著兩次。」

「寇克牧師的確可以表現得更好。」布恩太太附和。

在前往拉斯克家的路上，他們都沉默不語，距離目的地愈近，氣氛就愈緊繃。終於把車子停在路邊之後，西奧說：「我待在車上就好，我不餓。」

「一起去，西奧。」他爸爸嚴厲地說。西奧甩上門，跟著父母下車，他痛恨這些早午餐，而他父母也知道這點。幸運的是，西奧察覺到媽媽的態度比較溫和，或許是出於對兒子的同情吧，她很明白西奧感覺有多悲慘，也了解原因何在。

進了屋子，西奧勉強擠出一個閃著牙套金屬光澤的笑容，對卡伯斯基夫婦打招呼；這對夫妻很好相處，跟他父母的年紀相近，他們有個十六歲的兒子菲爾，雖然曾經強迫兒子參加週日餐會，他卻威脅要離家出走，於是他們只好屈服，菲爾得以在家度過好時光。西奧很欣賞他，也在考慮使用相同策略。他對薩門夫婦打招呼，那位先生擁有一間木材公司，太太在學院教書，他們的三個孩子都比西奧年長，而且全都沒有出席。

太棒了，西奧對自己喃喃自語。八個大人和我。

沒有什麼比坐在教堂等著吃午餐更讓人飢腸轆轆了，於是他們迅速就座，拉斯克法官很快帶禱後，他們的女管家端出第一道菜，一盤沙拉。乾巴巴的沙拉，西奧在心裡記上一筆。沙拉醬不貴啊，不是嗎？沙拉醬在哪裡？不過他還是低頭猛吃，實在是餓扁了。

「你們覺得剛剛的講道如何？」拉斯克法官問。這四家人都上同一間教堂，因此講道內容通常是第一個話題。眞棒，西奧心想，觀賞完那場身歷聲、高畫質的現場演出還不夠，現在我還得再被折磨一次。無論講道的內容有多麼糟糕，在他們的餐會裡，從來沒有人暗示它不夠精彩，就連老派克都接受過好評，雖然有時候也會出現這樣的評語：「或許他可以縮短十五分鐘左右。」

第二道菜是烤雞配肉湯，美味極了。西奧知道他媽媽隨時都在注意他，於是大方展現他完美的用餐禮儀，他一頭栽進食物裡狼吞虎嚥，猶如餓了好幾天。年邁的拉斯克太太現在已經不下廚了，不過她的女管家擁有一身好廚藝，這些餐點總是頗受好評。下次輪到卡伯斯基家主辦，然後是布恩家，西奧的媽媽從不假裝自己會做一桌好菜，她總是請一位負責外燴的土耳其女士承辦餐會，變出各種令人驚豔的料理。

西奧暗自竊喜，話題終於轉向彼得．達菲和他過去一週的冒險，這引發了熱烈的討論，每個人都爭相抒發己見，搶著發表謠傳的最新動態。大家都很有默契地達成判決，每個人都認定達菲謀殺了他太太，後來棄保逃逸更證明他是有罪的。薩門先生宣稱自己跟彼得很熟，他主張彼得私藏了大量現金，因此有可能永遠消遙法外。拉斯克法官則抱持不同的看法，他認為畢竟達菲差點在芝加哥的機場落網，這就是他遲早會再次犯錯被捕的證明。

西奧默默吃著，興致勃勃地聆聽。他們的對話通常與政治有關，或是華盛頓發生了什麼事，但現在這個話題有趣多了。接著他腦海中浮現一個悲慘的想法，過不了多久這些人會不會也開始這樣討論他的事？他們當中可曾有任何人被指控犯罪？他抱持高度懷疑。布恩夫婦和他們的兒子該不會早就成為這些人私下討論的八卦？

他將盤子裡的食物一掃而空，等待甜點到來。不過他真正期待的是下午兩點的來臨，只要那個魔法時刻一到，就可以離開了。

星期日傍晚，西奧騎著腳踏車穿越小鎮，前往斯托騰學院附近的冰淇淋店與愛波碰面。

愛波點了一個優格凍，西奧則選了他最愛的義大利巧克力冰淇淋，上面灑滿了奧力歐餅乾碎片。他們坐在僻靜的攤位，與其他顧客保持距離。

「我和羅得尼．塔帕史考談過了。」她低聲說：「昨天晚上我去他家看電視。」

西奧咬了一大口冰淇淋，然後說：「嗯，我在聽。」

「是這樣的，在盡量不讓他起疑的前提下，我設法把話題轉到約拿．芬恩身上，羅得尼知道我們兩個是好朋友，所以我特別小心，免得讓他看出我在打聽消息。羅得尼說約拿是個怪人，自從他父母說要離婚之後就變得更怪了，他說這傢伙超級情緒化，甚至可以說他是個憤怒小子。約拿沒有很多朋友，他從羅得尼和其他學生那裡要錢買午餐，他的成績也在走下坡；那孩子已經完了。他還說他們聊天的時候，約拿曾經提到他多麼討厭你媽，我問他爲什麼，羅得尼說是因爲他爸爸把他們大部分的問題都怪到你媽頭上，還有她想讓約拿和他哥哥跟媽媽一起住，但他們一點也不想那樣。」

「我大概猜到了。」西奧說，同時朝四周瞥了一眼。

「他說約拿的爸爸說了很多你媽媽的壞話，不只是他的錢都拿去付訴訟費用，你媽還想讓約拿的爸爸付過高的養育費和贍養費。羅得尼問我你是不是好人，當然，我說你是啊。」

「謝啦。」

「別客氣。有趣的部分來了。羅得尼從沒看過約拿使用手機，而七年級學生本來就不准帶手機到學校，可是上禮拜，他覺得是星期四，就在午休時，約拿掏出一支全新的『高效智能手機』，說是他爸爸買給他的，但羅得尼覺得很奇怪，因爲他爸爸身上總是沒有半毛錢啊。」

「那家店是在上週二晚上遭小偷的。」西奧說，冰淇淋被冷落在一旁。

「沒錯，你知道是什麼東西被偷嗎？」

「只知道報紙上說的那些，幾台筆記型電腦、平板電腦、手機和一些其他東西。」

「像是『高效智能手機』？」

「我不曉得，警方不願透露這類訊息。」

「故事還不只這樣喔。星期五那天，他們在圖書館裡，約拿在某個隔間念書，就是二樓電腦室旁邊那一區，他弓著背靠在桌上，好像怕別人看到他在做什麼似的。羅得尼看到他，覺得很好奇，於是偷偷溜到他的背後，然後看到約拿正在用一台八吋平板電腦玩遊戲。」

「林克斯四號的螢幕就是八吋。」

「一點也沒錯，而且約拿無論如何也買不起。」

西奧吃了一小口冰淇淋，卻覺得索然無味。「我們得把那台平板電腦弄到手才行，用某種方法。」

「你有什麼辦法嗎？」

「沒，現在還沒有。你想羅得尼會幫我們嗎？」

「我很懷疑。他不是那種會告發朋友的人，他喜歡約拿，雖然他說他是個怪人之類的，可是他也很同情約拿。我沒表現出對這些感興趣的樣子，因爲我不想讓他覺得我急著想知道什麼事。」

「這些超有用的，愛波。」

「你不能直接去找警方，告訴他們這些嗎？」

「也許吧，我不知道，我得想一想。」

他們討論著各種計畫，但似乎沒有一個派得上用場。他們準備離去時，西奧再次向愛波道謝，而愛波說只要能幫得上忙，她什麼都願意做，管它是不是合法。

西奧原本在回家的路上，卻忽然改變主意，決定去見艾克。

第22章

西奧遵從校長的指示，星期一早上八點十五分準時抵達校長辦公室。校長翻閱著某個檔案，而西奧坐在她辦公桌對面。校長的臉上未曾露出笑容，彷彿還因爲打架那件事而餘怒未消。「你週末過得如何？」她問，看不出來她有絲毫的興趣。

「我猜還可以吧。」西奧說。他不是來討論他的週末生活的，他們有別的事要談。他的週末過得一團糟，而他現在領悟到如果無法洗脫罪名，就沒辦法回到原本正常的生活。目前他仍然是嫌犯，這個事實宛如烏雲罩頂般揮之不去。

「我們來變更你置物櫃的密碼。」她說，這就是她要求西奧在學校課程開始之前到校的原因。「你有新的密碼嗎？」

「有，校長，新密碼是五二九九三七。」指的是「律師」（lawyer）。

她將密碼寫在紙上，拿來跟其他密碼比對。「我想這個密碼沒問題。」

西奧清清喉嚨說：「葛萊德威爾校長，我想說說關於上星期四的事情，我眞的很抱歉，你知道的，打架和其他事。我打破了校規，對不起。」

「西奧，我對你的期待絕不止於此，我真的很失望，希望你以後不會再惹麻煩。」

「我不會的。」

她闔上檔案夾，試著露出一抹微笑。「你週末和警方談過了嗎？」她問。

「還沒有，校長。」

「他們結束調查了嗎？」

「我想是還沒有。據我所知，他們還沒抓到眞正的犯人。」

「西奧，他們還在懷疑你嗎？」她難以置信地搖頭。

西奧想著艾克的建議，調整了一下坐姿，清清喉嚨，發出一聲「呃」，然後明顯表現出欲言又止的模樣。「葛萊德威爾校長，如果你知道這裡的一位學生，一個七年級生，帶著手機來學校，你會怎麼做呢？」

她往椅背一靠，咬著筆桿尾端。「這個嘛，我會跟這個男孩或女孩的導師談談，請導師去接近這名學生，如果對方眞的有手機，那我們就會沒收它。一般來說會處罰校內停學半天。你爲什麼問這個，西奧？」

「只是好奇啦。」

「不，西奧，你不只是好奇，你知道某個七年級學生帶了手機來學校，對不對？」

「或許吧。」

校長盯著西奧看了許久，然後漸漸明白了。「難道這支手機是偷來的？」她問。

西奧點頭說：「可能是。還不確定，但有可能。」

「這樣啊，那這支偷來的手機或許和上週大麥克店裡的竊盜案有關？」

西奧微微點頭，然後說：「有可能，我不能百分之百確定，不過我並不是在指控任何人偷竊。」

「西奧，竊盜案是另一回事，而且其實根本不關我的事，那是警方該處理的。可是一個七年級學生在校園裡持有手機就違反了這裡的規矩，這裡是我的地盤，我們先處理這檔事。」

西奧雙眼直視著校長，卻什麼也不說。

又一陣長長的靜默。葛萊德威爾校長等了又等，最後她看著手錶說：「好，如果你想要我幫忙，就把名字說出來；如果你不想，現在是星期一早晨，我有一堆事情要辦。」

「我覺得自己像個告密的人。」西奧說。

「第一，西奧，那個學生絕對不會知道是你告訴我的；第二，而且是更重要的，你現在是一樁案件的主要嫌犯，在替別人背黑鍋，如果我是你，我會盡一切所能找出真正的犯人。現在快給我那個學生的名字，然後回教室去。」

西奧試著表現出不願意的樣子，然後說：「約拿．芬恩。」

艾克告訴他，除了把犯人的名字供出來，他別無選擇。

八點五十分的鐘聲響起，第一節課要開始了，庫若漢摩老師宣布導師時間結束。當其他男孩陸續離開教室時，他往同學們的課桌走了幾步，將手放在約拿・芬恩的肩膀上說：「可以占用你一分鐘時間嗎？」

等到人都走光了，庫若漢摩老師關上門說：「十分鐘前，我好像看到你在大廳裡拿著手機喔？」事實上，他並沒有看見這個畫面，這只是策略之一。

「哪有啊。」約拿立刻回嘴。他往後退一步，一副作賊心虛的模樣。

「你口袋裡裝的是什麼？」庫若漢摩老師問，並往前逼近。

約拿不情願地掏出一支手機，交給老師。對他來說，半天的停學處分沒什麼大不了，他經歷過更糟糕的。庫若漢摩老師看著手機，是一支「高效智能手機」，然後他說：「非常好，跟我來。」

與葛萊德威爾校長短暫交談過後，約拿被帶到圖書館的一間小自習室裡，他必須在那裡待上幾個小時，圖書管理員唐莉葳太太則在一旁監視。他的書都放在書桌上，彷彿老師和校長期待他多做點功課，當做懲罰，約拿卻把頭往桌上一靠，迅速進入夢鄉。

葛萊德威爾校長打電話聯絡佛蒙警探，提供他那支被沒收手機的註冊序號。

斯托騰堡高中的第二節課在十點半結束，接下來是二十分鐘的下課時間。東尼・藍柏，也就是伍迪的哥哥，此刻正遠遠地跟在傑西．芬恩後面，看著他離開教學大樓，走進一個寬大的露天庭院，很多學生在下課與午休的時候都會在那裡消磨時間。傑西獨自坐在一張野餐桌旁，正準備查看手機，東尼卻冒了出來。

「嘿，學弟，聽說你在賣平板電腦，價錢很漂亮。」東尼一邊說、一邊左右張望，彷彿自己正在進行毒品交易。

傑西打量著他，覺得很可疑，然後說：「你是誰？」

「東尼．藍柏，十年級。」他回答，伸出一隻手。傑西遲疑地握了一下，接著問：「是沒錯，你是從哪聽來的？」

「消息都嘛傳來傳去啊。你要賣多少？」

「你要買什麼？」

「林克斯四號，我有五十美元。」

「誰告訴你我在賣東西的？」

「拜託，傑西，就傳來傳去啊，我眞的很想要那台電腦。」

「我現在手上沒貨，已經賣掉了。」

「還能弄到一台嗎？」

「或許可以，不過價格要調高了，七十五元。」

「我可以弄到那個數目。你什麼時候有貨？」

「明天，在這裡，同一時間地點。」

「你說了算。」

他們握手之後，東尼就離開了。他走進教學大樓，傳了簡訊給伍迪：沒有交易，或許是明天。

西奧的星期一早晨很不平靜，蒙特老師在導師時間大張旗鼓地歡迎他和伍迪回到學校，班上同學議論紛紛，大部分似乎覺得他們夠勇敢、講義氣，因而以這兩個好哥們為榮。上第一節西班牙文課時，莫妮卡女士問起西奧的狀況，顯得有點過度關心。他只是輕描淡寫地帶過，表示一切都好。第二節幾何課，卡曼老師裝做什麼都不知道，西奧覺得這樣也好。下課時，愛波過來告訴西奧，羅得尼傳來消息，據說約拿．芬恩在導師時間時一直還在，之後就不見人影，沒人知道他在哪裡。

約拿在圖書館自習室裡午睡時，佛蒙警探再度來到學校，並與葛萊德威爾校長會面。他們兩人不經意地走向一排七年級學生的置物櫃，就在西奧的櫃子不遠處，然後校長輸入約拿的密碼。打開一看，裡面有一些尋常的物品，像是教科書、筆記本、文具用品和垃圾，卻在一個三孔資料夾裡藏著兩台全新的林克斯四號平板電腦。他們將電腦帶回校長辦公室，佛蒙

警探戴上橡皮手套，移除電腦背板，寫下註冊序號。接著他們再返回約拿的置物櫃，小心翼翼地將電腦放回三孔資料夾裡。

佛蒙警探向葛萊德威爾校長道謝後離開學校，回到自己在警局的辦公桌前，開始核對大麥克提供的註冊序號清單。一點也不意外，序號吻合。他將這件事向漢姆頓警探報告，他們隨即決定申請芬恩家的搜索狀。佛蒙填寫了一張書面陳述的制式表格、一份宣誓的書面陳述，再加上目前查到的其他細節，包括搜索對象的哥哥傑西．芬恩的部分，「據稱」他曾於上週試圖兜售一台林克斯四號平板電腦給班上同學。一旦完成書面陳述並由佛蒙警探簽名後，他還準備了一份兩頁的搜索狀，描述所欲搜索的區域，也就是芬恩家宅以及附屬建築。文書作業完成後，他沿著主要大街穿過四條平行街道，最後抵達法院，將書面陳述和搜索狀交給少年法庭一課法官丹尼爾．蕭華特的祕書處理。那位祕書說，法官正在進行聽審，可能需要兩個小時的時間，結束後他才能審閱這些文件。

佛蒙警探走回辦公室，信心滿滿地認為自己又破了一宗案子，雖然不是什麼大案件。事實上，他寧可花時間去追捕毒梟和其他重罪犯人。

第23章

星期一下午三點十五分，佛蒙警探抵達學校，走向葛萊德威爾校長的辦公室。他在辦公室裡等著，而校長走向二樓的教室，把正在上最後一節課的約拿．芬恩叫了出來。約拿明明已經忍受了半天的停學處分，他咕噥著：「現在又怎麼了？」一邊跟著校長離開教室。

「跟我走就是了。」她說。兩人不發一語地走回校長辦公室。他們在接待區等待，站在葛洛莉雅小姐的桌子旁，此時鐘聲響起，學生們蜂擁而出。在這一陣放學的混亂中，約拿和校長走進她的辦公室，把門帶上。佛蒙警探起身，秀出警徽說：「你是約拿．芬恩嗎？」

他回答：「是。」他的視線飄向葛萊德威爾校長，尋求幫助。

「坐下吧。」佛蒙說：「我想問你一些問題。」

「有什麼不對勁嗎？」

「或許有。」

約拿坐下，將背包放在大腿上，他明顯被嚇到，不知道該怎麼做或說些什麼話。

佛蒙坐在桌子邊緣，低頭看著約拿。這場戰鬥一點也不公平，身穿深色西裝的狠角色警探對上瘦得皮包骨、頭髮半遮著眼睛的膽怯小男孩，一個面目猙獰、眼冒火花，另一個嚇得半死、神色驚慌。佛蒙完全掌握這次面談的方向，而約拿還不確定是怎麼回事。

警探開始說：「我們正在調查一宗竊盜案，發生在上星期市中心的一家電腦用品店，『大麥克電腦系統』，我只是想問你幾個例行性問題，如此而已。」

約拿深呼吸，幾乎有點喘不過氣，接著垂下頭，他盯著地面，因太過驚嚇而嘴巴半張。

佛蒙從未見過如此心虛的一張臉。「你今天早上被沒收的手機是哪裡弄來的？」

「呃，我買的。」

佛蒙打開筆記本，舔舔筆尖，然後問：「好，你跟誰買的？」

「呃，一個叫藍迪的。」

佛蒙潦草地在筆記本上寫著，又問：「你付了多少錢？」

「呃，五十美元。」

「那支手機是從大麥克那裡偷來的，你買的時候知道那是贓物嗎？」

「不，警官，我發誓我不知道。」

「藍迪姓什麼？」

「呃，我不清楚。」

「你知道他住在哪嗎？我到哪裡可以找到他、跟他聊聊？」

「不知道，警官。」

「好，所以這個神祕的傢伙藍迪從天而降，以五十元賣你這台市價三百元的全新智能手機，這樣你還不覺得它可能是贓物？」

「我沒想到，警官。」

「這麼看來你不大機靈囉，是嗎？」

「大概是吧。」

「你在騙我嗎？」

「沒有，警官。」

「約拿，如果你對我說謊，事情只會變得更糟。」

「我沒有說謊。」

「我認爲你有。」

約拿搖頭，前額的頭髮也跟著在眼前晃動。

佛蒙經年累月地盤問各種嘴硬的罪犯，那些人會以誠懇眞摯的表情編造瞞天大謊，這孩子看起來還差得遠呢。「那名竊賊，或是那幫竊賊，闖入大麥克的店，拿走了好幾台平板和筆記型電腦。藍迪曾經對你兜售全新的電腦嗎？」

「沒有，警官。」

「你可曾看到一台林克斯四號平板電腦？」

約拿再度搖頭，眼睛盯著地面。

「你知道學校有權查看你的背包和置物櫃吧。」佛蒙邊說邊逼近他的獵物。「你知道吧？」

「大概吧。」

「很好，讓我們來看看你的背包。」

「你要找什麼？」約拿問。

「更多贓物啊。」佛蒙伸手拿背包，約拿緊緊抓住約一秒鐘，然後放手。佛蒙將背包放在葛萊德威爾校長的桌上，緩緩拉開背包拉鍊。他拿出教科書、筆記本、一本電玩遊戲雜誌，最後是一台平板電腦，是林克斯四號。他拿起電腦檢查，然後說：「約拿，你騙我。這是哪裡來的？」

約拿往前傾，雙手手肘頂在膝蓋上，低頭不語。

佛蒙繼續逼問：「約拿，你是從哪裡弄到這台電腦的？是你哥哥給你的嗎？」

沒有回應。

「好吧，我們就來看看你的置物櫃。」

約莫在同一時間，漢姆頓警探在距離約一點五公里遠的斯托騰堡高中現身，他正在校長室對傑西．芬恩自我介紹，放學鈴聲才在幾分鐘前響起。傑西的背包在桌上，拉鍊拉上。

「我想問你一些問題。」漢姆頓以友善的微笑開場。校長楚叟先生則坐在辦公桌旁觀看。

「關於什麼？」傑西冷笑著問。他曾經經歷過少年法庭系統，因此對警察、法官甚至是律師都沒好感。

「你有個弟弟叫約拿嗎？」

「這問題眞簡單。」

「那麼請你回答。」

「是。」

「我也這麼想。約拿現在已經被警方拘留了，他被發現持有贓物，一台『高效七號智能手機』和三台林克斯四號，一台在他背包，另外兩台未拆封的仍藏在他的置物櫃裡。你知道他怎麼弄到這些東西嗎？」

傑西退縮了一下，儘管他試著佯裝鎭定，臉色卻唰地變得慘白。他搖頭表示不知情。

「我不這麼想喔。」漢姆頓說：「我們查過註冊序號，已經知道它們是打哪來的，你眞的不知道嗎，傑西？」

「不知道。」

「這樣嗎，傑西，這時候你弟弟只是個害怕的小男孩，他是個話匣子，一打開就會像隻鳥般嘰嘰喳喳唱個不停，他說去大麥克闖空門是你的主意，還說他並不想這麼做，但你逼他就範，因爲你需要人手，跟你一起拖走那些筆電、手機和平板電腦。你做何感想呢，傑西？他不是個講義氣的小子，對吧？我是說，他竟然背叛自己的哥哥，那時我們甚至還沒來得及拿出手銬呢。」

「手銬？」傑西的嘴巴很乾，聲音沙啞，露出困惑且害怕的表情。

「是啊，我們也替你準備了一副，別急。你弟弟說你們倆在上週二晚上從後方的窗戶闖入那家店，取走了大約一打手機、六台十五吋手提電腦，以及十台林克斯四號平板電腦。他說你們在店裡只待了不到五分鐘，因爲事先都已經探勘好所有東西的位置，再加上你還知道如何閃躲監視器。這些是不是聽起來很耳熟啊，傑西？」

「我不知道你在說什麼。」

「噢，我想你知道的。我可以看看你的背包嗎？」

「請便。」傑西邊說邊把包包推向他。漢姆頓拉開拉鍊，緩緩取出書本、筆記本、一個水壺、幾本雜誌，沒有什麼看起來是贓物的東西。漢姆頓聳聳肩，將這些東西再塞回背包裡。

「我們去看看你的置物櫃吧。」

「你不能那樣做。」傑西說。

「哦，眞的嗎？爲什麼？」

「那違反了我的隱私。」

「不至於喔，傑西。」楚叟校長說，同時拿起一紙文件。「這是你這一學年的置物櫃租借同意書。校方並未規定學生使用置物櫃，但如果你們選擇使用，就必須在同意書上簽字，上面清楚寫著，面臨警方或校方要求搜查時，你就得配合。」

「我們走吧。」漢姆頓警探說。

再回到斯托騰堡中學現場，佛蒙警探和葛萊德威爾校長已經回到她的辦公室，約拿也跟著他們一起，看起來一副快哭出來的模樣。校長桌上擺著兩台他們稍早從約拿的置物櫃裡取出過的平板電腦。

佛蒙說：「我們已經拘留了你哥哥，他說是你提議把三台林克斯平板電腦栽贓給西奧·布恩，他還說也是你駭進學校的檔案系統、取得了密碼，然後在上週三早上把平板電腦放在那裡，一切都是爲了嫁禍給西奧。這是眞的還是假的？」

「傑西那樣說嗎？」

「噢，他說的還不只這些呢。他現在就坐在他們學校的一個小房間裡，將事情全盤托出。如果你問我的話，這感覺還滿悲哀的，他竟然這樣出賣自己的弟弟，不過一旦你找了共犯一起做蠢事，結果總是如此。」

「我不信。」

「我才不在乎你信不信，孩子。你惹上的麻煩遠比你想像的還嚴重，你現在面臨的罪名包括非法入侵、加重竊盜罪、跟蹤、栽贓、破壞公物等，你哥哥甚至說是你劃破西奧的輪胎，還朝他的辦公室窗戶丟石頭。」

「不對！是他做的！」約拿脫口而出，然後猛然住嘴。他屏住呼吸，看著正在微笑的警探。在心理戰略的催化下，這孩子承認了關鍵的罪行。佛蒙看著葛萊德威爾校長，兩人相視而笑。這樁神祕案件終於被破解了。

再回到斯托騰堡高中，傑西置物櫃裡的東西一樣樣整齊地堆在大廳地板上，漢姆頓警探戴著手術用手套，輕輕取出最後的物件：兩台林克斯四號平板電腦。「天啊，眞不曉得這些是從哪裡來的。」他露出一抹微笑。「約拿說我們可能會在這裡找到這些東西，我來猜猜看，傑西，你是不是要說你完全不知道這些嶄新閃亮的玩意怎麼會跑到你的置物櫃裡，是嗎？」

傑西什麼也沒說。

他們走進空蕩蕩的教室，楚叟校長隨手關上門。「坐那裡。」漢姆頓對傑西大吼，指著一張桌子。傑西照著做，像隻敗陣公雞。

「這個節骨眼我想要的，」漢姆頓大大的身影籠罩著傑西，彷彿隨時會賞他一巴掌。「是其他的贓物。它們在哪裡？」

「我不知道你在說什麼。」傑西無力地回答。他雙手擱在桌面上互相緊握，緊盯著自己的手看。

漢姆頓伸手到口袋裡掏出一些文件。「你這小子很聰明是吧，傑西？那麼你告訴我，什麼是搜索狀？」

傑西搖頭。

「你不知道嗎？那你或許沒有那麼聰明喔。」

傑西又搖頭。

「搜索狀允許警方進入你家，搜查每個房間、每個抽屜、櫥櫃、衣櫃、箱子、袋子、閣樓裡的每堆垃圾和車庫裡的每件舊家具。有了這個，我們就能把你家整個翻過來，直到找到你和你弟弟從大麥克那裡偷來的其他贓物爲止。」漢姆頓把搜索狀往桌上一甩，落在傑西的臂膀上。他並不打算讀上面的文字。

「傑西，你媽在家嗎？」漢姆頓問。

「她在睡覺。她晚上要到醫院値夜班。」

「這樣啊，那我們去叫醒她。」

第24章

星期一下午五點，琳達．芬恩正在一樓的臥室熟睡，突然門鈴大響，把她從睡夢中驚醒。她一直處於睡眠不足的狀態，從晚上八點工作到隔天早上八點，一週四天，偶爾兼做週末班，好多賺點錢。日夜顛倒的工作時間打亂了她的正常睡眠模式，因此她總是覺得很疲憊，而應該睡覺時，她時常還醒著，擔心她千瘡百孔的離婚官司、她沒用的丈夫和他態度強硬的律師，還有她兩個似乎漸漸學壞的兒子。琳達有好多事情要擔心。

門鈴響個不停，於是她套上一件舊浴袍，赤腳走到前門。她打開門，看到佛蒙警探和約拿，在他們後面還有兩位穿著制服的警察，人行道旁停著兩輛警車，警示燈和全套的裝飾與配備一應俱全，車道上還停了另一輛沒有標誌的警用車。她用手摀住嘴巴，差點沒昏倒。

接著她打開擋風門說：「怎麼回事？」

佛蒙出示警徽，說：「我是斯托騰堡警局的史考特．佛蒙警探。可以進屋裡談談嗎？」

「怎麼回事，約拿？」她問，臉上寫滿驚恐。

約拿只是盯著鞋子看。

「我們得談談。」佛蒙說，推開擋風門。琳達往後退，抓緊浴袍，確保自己沒有失態。佛蒙跟著約拿走進房裡，隨即關上門。車道上的是漢姆頓警探，傑西坐在乘客座。「我們要進去嗎？」傑西問。

「也許吧。」漢姆頓回答。那兩名穿制服的警察在前院四處晃蕩、抽著菸。對街已經有些鄰居站在門廊，好奇地往這頭觀望。

在屋內，佛蒙坐在一張表面有洞的老舊椅子上，琳達和約拿坐在沙發上，周圍散落著幾個破舊的靠枕。「我直接說重點了，芬恩太太。上週二晚上，一家位於緬因街的電腦用品店被闖了空門，小偷拿走一些手機、筆記型電腦和平板電腦，這些貨品總值約兩萬美元，我們的主要嫌犯是約拿和傑西。」

她立刻轉身瞪著約拿，而她兒子似乎仍對自己的鞋子著迷不已。

佛蒙繼續說：「我們已經搜過他們的置物櫃和背包，目前找到五台平板電腦和一支手機，我們懷疑其他東西可能藏在這屋子裡的某個地方，所以申請了搜索狀，這是法官核發的文件，准許我們查看這裡的每個角落。」

「每個角落？」琳達喘著氣，馬上想起廚房水槽裡的髒碗盤、成堆未洗的衣物、凌亂的床鋪、布滿灰塵的家具和書櫃，還有髒兮兮的浴室、門廳裡的垃圾、起居室裡喝了一半的玻璃杯和咖啡杯，而這些還只是樓下而已。樓上是兩個男孩的房間，她自己都不敢去看，因爲那可能比山崩還慘。

「沒錯。」佛蒙邊說邊掏出搜索狀遞給琳達。她只是呆呆望著那紙文件，緩緩搖頭。

「每個房間，每個櫥櫃，每個抽屜。」佛蒙說，繼續施壓。他知道沒有一個女人願意讓警方或任何人在自己家裡東翻西找。

「這是眞的嗎，約拿？」她問，眼眶突然溼了。約拿還是拒絕說話。

「是眞的。」佛蒙說：「傑西幾乎已經招認一切，但他不告訴我們其餘的贓物在哪裡。所以我們不得不在這屋子裡翻箱倒櫃，好把東西找出來。」

「約拿，東西在這裡嗎？」她質問。約拿瞥了她一眼，看起來很心虛。

「在這個階段，合作是最重要的。」佛蒙以幫忙的語氣說：「法官會酌情處理的。」

「如果東西在這裡，就趕快說出來啊。」她氣憤地對約拿說：「沒道理讓警察把家裡搞得天翻地覆。」

一段長長的靜默之後，佛蒙說：「聽著，我沒辦法整個下午和晚上都耗在這裡，我現在就打電話請求更多人手支援，然後我們就從孩子們的房間開始挖吧。」

「約拿，快點說！」芬恩太太咆哮著。

約拿將雙手交叉在胸前，咬著下嘴唇，終於說：「在車庫上面那個小空間裡。」

傑西坐在沒有標誌的警車裡，驚恐地看著警方從車庫走出來，抱著筆記型電腦、手機和平板電腦。「哎呀呀，我猜他們找到囉。」漢姆頓說：「待在這裡別動。」他離開車子，走向前觀看。傑西抹去臉上的淚水。

琳達．芬恩迅速著裝完畢，跟著警方到鎮上。傑西坐在她前方的車裡，約拿則和佛蒙警探同車。她一路上都在哭泣，捫心自問怎麼會發生這種事？身爲母親，她哪裡做錯了？他們會如何處置她的孩子們？這會不會影響到她的離婚官司，以及兩個孩子的監護權大戰？如果孩子們被送走，那還需要爭什麼監護權嗎？這行小車隊穿越斯托騰堡的路上，上百個問題掠過她的心頭。

到了警察局，他們聚在一個地下室的小房間，這是約拿和傑西上午各自上學後第一次面對面。傑西似乎很想揍他弟弟一拳，而約拿心裡則想著哥哥眞是個叛徒。不過他們什麼都不能說。

接下來由漢姆頓警探主導，他說：「現在案子已經偵破，你們兩個惹了大麻煩，沒必要拐彎抹角。你們今天晚上不能回家，未來也會有一段日子回不了家。」

琳達又開始哭。啜泣了幾聲之後，她勉強擠出一句話：「他們會被帶到哪裡？」

「這條街的盡頭就是一間少年拘留中心，他們會在後天出席少年法庭，接受審判，到時候法官會決定怎麼處置他們。一個月後還會有一場正式的聽審。還有別的問題嗎？」

儘管有一千個問題，卻一個也說不出口。

佛蒙將兩張紙滑到男孩們面前，一人一張。「內容是一樣的。一、你有權保持沉默；二、你在此所說的任何事都可能成爲對你不利的呈堂供證；三、你有權請律師，如果負擔不起，法院會指派一位給你。」

「就像電視演的一樣。」傑西說，還在耍小聰明。

「沒錯。」佛蒙說：「還有別的問題嗎？好，那請你們在最下方簽名。芬恩太太，你身爲母親，也請在他們的名字下方簽名。」

兩個男孩和他們的母親不情願地簽了名。佛蒙將這些文件收好，漢姆頓看著約拿和傑西說：「這種事我已經做過不下一千次了，我可以向你們保證，你們現在能幫自己的最重要事情就是合作。你們有罪，我們知道你們有罪，我們能證明你們有罪，所以別想把矛頭指向別人。法官將決定是否送你們去少年拘留中心，以及要在那裡待多久，他會在法庭上問我你們兩個的態度，如果我說你們很合作，他會滿高興的；如果我說你們不合作，他會很不高興地皺起眉頭。懂了沒？」

「我想找律師。」傑西說。

「我們一定會幫你找一個。」漢姆頓氣沖沖地回答，「史考特，把他送進牢裡。」

佛蒙一躍而起，迅速從皮帶上取下兩副手銬，抓著傑西頭背順勢向上拉，然後將雙手銬在身後。他打開門，正要帶傑西離開時，琳達拍桌子大叫：「等等！我想知道實情！我要你們兩個告訴我實情。坐下，傑西，坐在這裡告訴我到底發生什麼事。」

佛蒙放開傑西，這男孩嚇傻了，他沒想到自己竟然有能耐這麼快就被銬住。他小心翼翼地坐在椅子邊緣，雙手仍被銬在背後。

每個人都深吸了一口氣，約拿說：「我們是因爲缺錢才這麼做的。」

第25章

西奧的功課正做到一半，他爸爸的聲音突然透過電話對講機傳來。

「嘿，西奧。」

「是，長官。」

「可以請你移步到會議室嗎？」

「當然。」

爸爸媽媽都在那裡，而他媽媽似乎哭過了。「怎麼回事？」西奧問。

「我們有一些好消息。」他爸爸說。

「那媽幹嘛哭啊？」

「我沒有哭，西奧。」她說：「現在沒有。」

他爸爸說：「我剛才跟佛蒙警探談過，他們已經逮捕兩個男孩，一對兄弟，約拿和傑西．芬恩，到大麥克店裡行竊的就是他們倆。警方在他們家裡找到大部分的贓物。」

「他們的媽媽是我的客戶，西奧。」布恩太太悲傷地說。

這可不是開玩笑的呢，西奧心想，但什麼也沒說。

布恩先生繼續說：「兩個男孩已經承認所有罪行，包括對你採取的一連串恐怖行動，他們似乎因為父母的離婚官司而心生怨恨。」

「我很抱歉，西奧，」布恩太太說：「我應該要明白這件事的。」

西奧深吸一口氣，微笑地想起艾克，他的瘋狂伯父早就在別人毫無頭緒時破解了這樁神祕案件。「太好了。」西奧說：「劃破我的輪胎、丟石頭和散布網路謠言，所有事都是他們做的嗎？」

「所有事。」他爸爸說：「破案的關鍵在於學校裡某個學生舉發那個七年級的弟弟帶手機到學校，後來發現那支手機竟然是店裡失竊的商品，事情就這樣一一串連起來，在兩個男孩的置物櫃裡找到更多的贓物，然後警方申請了搜索狀。」

西奧有種自己偷偷寫下的小祕密被人發現的感覺。他努力面帶微笑，高興得邊聽邊點頭，但並不完全是裝的。他很高興這個小惡夢終於結束了。「他們會怎麼樣？」他問。

「少年法庭會決定這件事。」布恩太太說：「那個哥哥傑西之前已經有犯罪紀錄，所以我想他會被送走。約拿可能會獲得緩刑❾。」

❾緩刑是指當罪犯被判刑宣告後，法官得依犯罪情節和悔改表現，在一定的考驗期內暫緩刑法的執行。如果罪犯於考驗期內符合規範的條件，原判處的刑罰便不執行。

「這對你和你的客戶、也就是他們的媽媽有什麼影響嗎?」西奧問。

「我不能再當她的律師了，西奧，明天我就會去撤銷代表她的資格。她的孩子因為我而攻擊你，我早該想到的，我對不起你。」

「拜託，媽，你也不知道會這樣啊。」

「西奧，你媽這麼做是對的。」布恩先生附和，「我們或許還得出席少年法庭，為那兩個小子所做的事情作證。你媽沒辦法當芬恩太太的律師，因為我們可能得提供不利於她孩子的證詞。我知道事情很棘手，不過也沒別的辦法。」

西奧聳聳肩，偷偷高興著今後所有芬恩家的人都不會出現在布恩&布恩法律事務所。

西奧興奮得不得了，他爸媽則鬆了一口氣，連法官看起來都比平常開心。

「今天是星期一。」西奧說：「我要去看看艾克。」

音響正播放著巴布·狄倫的歌曲。艾克抽著菸斗，房間裡盤旋著一團團藍色菸霧。西奧白天傳了十幾封簡訊給艾克，通知他最新消息。西奧的最後一封簡訊內容如下：芬恩被逮，全面認罪，呀呼！

「恭喜你，艾克。」西奧一邊說，一邊把五十美元放在凌亂不堪的桌面上。「你成功了!」

艾克露齒而笑，因爲這可不是裝謙虛的時候。「我還能說什麼呢？我是個天才啊。」

「太漂亮了，艾克，眞是太漂亮啦。」

「瑪伽拉的心情如何？」

「不太好，她很自責。」

「她應該猜得到的，西奧，她這麼聰明，怎麼可能沒有對自己的客戶起過疑心。」

「別怪她，艾克，她已經覺得夠糟了。」

「好吧，不過如果我都想得到，她應該也能夠想到才對。」

「我同意。我們要去坦承偷看她客戶資料的事嗎？」

艾克往後一蹬，把雙腿擱在桌面上，撞倒幾個處理中的檔案夾。「你知道的，西奧，我一直在想這件事，現在不是自首的時候。」

「那要什麼時候？」

「不知道，過一陣子再看看，每個人現在都有點精神緊繃，你爸媽差點沒擔心死。等事情緩和下來，我們再來討論這件事，就我們兩個。」

「我覺得告訴他們一切會比較坦然。」

「或許你會，或許你不會。聽著，西奧，誠實是種美德，你應該時時努力做個誠實又可信賴的人，如果你媽今晚問你是不是偷了密碼，然後交給我，於是我看了她的離婚官司檔案，你當然會承認，這樣就是誠實，對嗎？」

「對。」

「但她不知道，而且也許永遠都不會知道。因此不告訴她就是不誠實嗎？」

「感覺不大誠實。」

「你今年十三歲了，一直以來，所有你做過卻沒被逮到的壞事，你都會一五一十地告訴你媽媽？」

「不會。」

「當然不會啦，沒有人會那麼做的，西奧。我們全都有自己的小祕密，只要它們不會造成傷害，誰在乎呢？隨著時間過去，祕密通常也會消逝，那些事會變得不再重要。」

「如果有人查了事務所的『捷訊』系統登錄紀錄，然後發現有人從外部入侵呢？」

「這個嘛，如果有人質問你，那時你就說實話吧，我也會站出來說實話，承擔一切過錯。」

「艾克，你不可能承擔一切的，因爲偷密碼的人是我啊。」

「就當時的情況而言，那麼做是對的。我會跟你爸媽聊一下，向他們解釋是我堅持要看那些檔案。我們會大吵一架之類的，不過我們本來就已經吵很久了。有時候你不得不戰鬥，西奧，記得嗎？」

「大概吧，但我還是覺得怪怪的。」

「這麼做吧，西奧，接下來一整個月，我們都不要提這件事。我寫下來了，從今天開始一個月後，我們再來討論。」

西奧想了一會兒，然後勉強地說：「好吧。」雖然他知道那樣不好，而且也知道這件事會一直糾纏著他，直到告訴媽媽一切爲止。

「媽說要邀你一起去羅畢里歐餐廳吃晚餐。」

「告訴她我心領了。」

「我該走了，我不知道該說什麼，艾克，你是最棒的。」

「不是最棒的，西奧，不過大概是前五名吧。」

西奧三步併兩步下樓，跳上腳踏車，往事務所的方向前進，他猛烈地踩著踏板在街道間穿梭。一切都變得輕盈了——空氣、心情和腳踏車。

西奧·布恩，不再是嫌疑犯了。

國家圖書館出版品預行編目資料

西奧律師事務所：頭號嫌疑犯 / 約翰・葛里遜（John Grisham）文；蔡忠琦譯. -- 初版. --臺北市：遠流, 2012.11

面；　公分.（西奧律師事務所；3）

譯自：Theodore Boone: the accused

ISBN 978-957-32-7083-6（平裝）

874.59　　101020283

西奧律師事務所 3

頭號嫌疑犯

文 / 約翰・葛里遜　譯 / 蔡忠琦

執行編輯 / 陳懿文　校對協力 / 呂曼文
封面設計 / 唐壽南　行銷企劃 / 陳佳美
出版一部總編輯暨總監 / 王明雪

發行人 / 王榮文
出版發行 / 遠流出版事業股份有限公司 104005 台北市中山北路一段11號13樓
電話：(02)2571-0297 傳真：(02)2571-0197 郵撥：0189456-1
著作權顧問 / 蕭雄淋律師
輸出印刷 / 中原造像股份有限公司
□ 2012年11月 1 日 初版一刷
□ 2024年 1 月 5 日 初版十四刷

定價 / 新台幣250元 (缺頁或破損的書，請寄回更換)

ISBN 978-957-32-7083-6
遠流博識網 http://www.ylib.com　E-mail:ylib@ylib.com

THEODORE BOONE: THE ACCUSED
By John Grisham